漫娱图书
SINCE BOOKS

进 击 的 美 人 系 列

Fashion Beauty

南方赤火　顾闪闪　等◎著

唐风美人志

FASHION BEAUTY

长江出版社
CHANGJIANGPRESS
漫娱图书

BEAUTY 美人说

meirenshuo

TANGFENGMEIRENZHI

大唐盛世浮华二百余年，留下无数繁复动人的时尚财富。上至王公贵族，下至市井平民，尽显当朝女性的绝代风华。

这是一个女子也能书写传奇的时代。学霸昭仪上官婉儿在御前挥洒笔墨；权势滔天的太平公主用一身飒爽男装彰显自由；才女薛涛巧借一页赤笺遥寄痴心；身为天潢贵女的安乐公主享尽世间奢靡浪漫。

这是一个女子也能活出自我的时代。当朝第一美人杨玉环倾情演绎“云想衣裳花想容”的浪漫风情；武皇拒绝后妃标签，做朝堂之上的事业女强人；梨园女神齐聚总决选，打造大唐舞台的视觉盛宴。

这更是一个留下无数逸闻奇谈的时代。叛逆女道士鱼玄机缘何卷入蹊跷命案？痴情霍小玉为何对渣男李益念念不忘？更有太宗对长孙皇后的浪漫示爱，甜蜜循环停不下来！

梦回大唐，品美人生平、赏唐风好物，看盛世全景，掌握长安一手潮流资讯，秒变大唐时尚女爱豆！

FASHION

CHAPTER ONE

F A S H I O N B E A

美妆穿搭
MEI ZHUANG CHUAN DA MING REN DAI HUO
名人带货

CHAPTER ONE

FASHION BEAUTY

第一章

ChuanDa

MEI ZHUANG
CHUAN DA
MING REN DAI HUO

F A S H I O N   T Y

上官婉儿

（约公元664年—公元710年）

职业

女皇秘书，昭仪，
全国诗会总评委

ID

@则天大圣皇帝指定美少女

个性签名

谈大唐时尚，
没人比我更有发言权

文/顾闪闪

鬟髻：
为盛唐气象，注入一丝少女的娇俏

上官：说起我唐最 in 的发型，那一定是女皇陛下钟爱的高髻！但众所周知，高髻并不是人人都能 hold 住的，它对气场和发量都有着严格要求。发量不够的名媛们，为了体面，只好求助于义髻（假发），赴一次夜宴，往往要凌晨就起来梳妆，天天梳实在是遭不住啊。

今天我就教大家一款适合日常的鬟髻，“手残”必备，超级简单！所谓鬟髻，就是将发髻盘成环状。这种发髻古已有之，到南朝时，中原刮起“佛系”风，女孩子们流行将头发拢到发顶正中，做成上竖的环式，称之为“飞天髻”。

除此之外，鬟髻还有百合髻、双垂环髻、单环髻等多种打开方式，包你日日造型不重样。鬟髻原本就是女子未出嫁时的发式，可爱减龄，少女感十足，这也是本昭仪凭借着一张娃娃脸，稳坐时尚 icon 宝座的秘诀！

梅花妆：
惊艳！高段位遮瑕小技巧

上官：也不知道提这个话题的是想学妆容还是想听八卦。这事说起来，的确是我不慎触怒了女皇陛下，被罚黥刑，在脸上刺了字。在那之后，虽说陛下很快就原谅了我，但还是有许多人在等着看我的笑话，以为我再无颜露面，却没想到我只用了一枚小小梅花钿，便化伤痛为风情，还引得合宫上下争相效仿。不愧是我！

至于什么女皇与我争风吃醋，持剑伤我的绯闻，建议大家还是听听就算了。女皇与我同是事业型靓女，惺惺相惜，岂会为了一个男人离心？虽说这种遮瑕小技巧的确是我带火的，但却并非是我的原创。传说，南朝宋武帝的女儿寿阳公主曾卧于梅树下小憩，时有微风吹过，吹落梅花，恰坠于公主眉间，拂之不落，就成了最早的“梅花妆”，当时也大火了一阵。不得不说，复古才是真流行。

披帛：夏日最飘逸的一抹亮色

上官：暑气炎炎，想穿搭配色又怕服饰厚重？用披帛呀！偷偷告诉大家，本昭仪衣橱里约一半的空间，全都被披帛占领了。主持诗会时，配一条素色丝绢披帛，尽显脱俗雅趣；进宫赴宴，就要披那条刺绣团花的，精致奢华；陪女皇礼佛时，当然就要着那条描金的大红披帛，庄重的同时又透着浓浓的异域风情。穿戴方式也不只一种，或搭于臂上，或绕过颈前，走路时无风自动，如翩然起舞一般。

其实早在贞观时期，玄宗皇帝就曾颁下诏令，后宫嫔妃赴宴时，必须身披披帛，以彰尊贵。上行下效，士庶女子，不论贵贱，人人都佩戴披帛，以攀比谁的披帛更华贵、更新潮为乐。身处这样的盛世风潮下，如果还不人手一条披帛，才是真的 out 啦！

上官婉儿

ShangGuanWanEr

身边有个女学霸是什么体验？

文 / 南方赤火

302 个回答　　默认排序

掖庭袁奶奶

大明宫最高工龄记录保持者

1700 人赞同了该回答

女学霸啊，那不就是才女吗？老妪我在掖庭干了六十多年了，有才气的女娃见过不少，今天说一个让我印象最深的吧。

麟德元年冬天，有个夫人被发配到掖庭为奴。她是过去上官宰相家的媳妇，因着全族获罪，丈夫一家男丁都被杀了，具体获罪的原因老妪我也搞不懂。反正这夫人挺知书达理，怀里还抱着个刚出生的女娃，狼狈是狼狈，但仪容一丝不乱，还客气地跟我们宫人打招呼。

我要说的是这个刚出生的女娃娃。大家知道掖庭里也有义务教育，请宫教博士们教授宫人书算众艺什么的，也算是给这些罪人们培养个一技之长，以后能为皇家所用，免得浪费粮食。

这个女娃娃——叫什么来着？婉儿，乖乖不得了，三岁了就去旁听六岁的课，先生在上头提问，她答得比谁都快。宫教博士都说没见过这么灵光的小孩。学到十来岁，博士们都说教不来她了。

从此以后掖庭学堂的教案都是她写的。渐渐的，掖庭往外传递的文件、过年过节的贺表以及各种文书，也都由她执笔。终于有一天，有人慌慌张张地来报，皇上驾到！

皇上就是当年的武后。我们掖庭几百个人黑压压地跪在地上，不知道皇上为什么心血来潮。要是被她看到什么懒散马虎的事，大家还可能掉脑袋。

谁知皇上什么谱也没摆，只是让人问，最近几年掖庭里执笔写文件的是哪个怀才不遇的学士，她想给他升个官。

众人面面相觑。最后，那个十三岁的小女孩被人推了上来。

皇上很惊讶。小姑娘长得讨人喜欢，大家闺秀做派，一点儿不像是掖庭里长大的。

皇上当场给她出题写诗文，她不假思索地一挥而就。皇上带来的几个老夫子传阅了她的卷子，愣是找不出一点儿可以改进的地方。

皇上龙颜大悦，当即把这个小姑娘免了奴婢身份，带在身边走了。

后来？后来听说这姑娘当了大官，在皇上身边呼风唤雨，地位等同于宰相，威风得不得了。

从那以后，掖庭里的每一个女孩子都以她为榜样，也不伤春悲秋了，也不描眉画眼了，日日寒窗苦读，比太学里的书生们还用功，老妪我很是欣慰啊，省了我多少管教的工夫。

不过再也没有第二个人像那个婉儿一样，成为鸡窝里飞出的金凤凰。

别人说这不奇怪。婉儿那种天生才气是百年不遇，哪能年年有呢。

可是老妪我却不太同意。掖庭里聪慧的女孩子多了。可武皇不在了，后来的皇帝都是男人，来掖庭只为了选妃子，就算有几个才女，他们也瞧不见。

所以这个婉儿啊，是赶上好时候啦。

华夏第一女帝

【已注销】

9732 人赞同了该回答

这个问题很有趣。批奏折批累了，随手一答。

楼上宫婢说的可能跟朕想的是同一个人。这年头才女不多，很容易定位。

不要误解朕的意思。我华夏人杰地灵，女子有才者不少，但大多是贵家娇女，读了十几年诗书，一辈子相夫教子，名气传不到家门之外。若有那妄图染指家宅外事务的，早就被父兄丈夫泼一身冷水，纵有高远志向，也难以付诸实施。

婉儿很幸运，没有父也没有兄。实际上她家里男人都死绝了，是朕杀的，朕不否认。

那时候朕还是高宗李治的皇后，时常帮李治处理政事，算得上一个得力的贤内助。可是有些事情，皇帝不急太监急，一帮老夫子时常上蹿下跳，说什么武后跋扈，应当限制她的权力。

笑话。皇帝是天下之主，择能人而用之。朝廷里那么多吃闲饭的大臣，朕的能力远在大多数朝臣之上，凭什么不能辅佐皇帝了？

难道就因为朕是女人？

真是令人震惊。都 7 世纪了，大唐女性地位前无古人的高，居然还有人认为女人除了“狐媚干政”就没点别的志向。

其中那个宰相上官仪态度最为激烈，三天两头撺掇皇帝废后，居然还起草了废后诏书。亏朕还一直赏识他。

那朕就拿他开个刀，不冤枉吧？

当然了，上官仪的这些态度，朕的皇帝老公也是默许的。男人嘛，贪恋权力，不愿和旁人分享，也可以理解。

但李治也明白，他离不开朕。朕稍加质问，他就把锅全都推给上官仪，说什么佞臣误我。

朕就骑驴下坡，找了个由头，诛了他全家。

婉儿是上官仪的孙女。她很清楚自己的身世，但她依旧选择对朕尽忠。

这是聪明人。

她清楚她的祖父错在何处。她也清楚，只有在朕的羽翼之下，她才可能凭借女子身份，重返她祖父当年的巅峰。

因此朕毫不怀疑她的忠诚，完全不担心出现什么“豪门孤女忍辱负重暗杀仇人”的“脑残”桥段。

跟高智商的人相处起来就是爽快。朕一句话，一个眼神，她就知道应当如何应对。

她替朕撰写诏书，还和大臣们商议军国大事，狡黠而老成，让朕似乎看到了自己年轻时的样子。

当然了，她也有女人的弱点。她仗着朕的宠爱，和朕的面首张昌宗眉来眼去，着实气得朕不轻。不过话说回来，男人如衣服，朕喜欢她的笔杆子，不会为了这点小事跟她争风吃醋，因此只是小小惩戒完事，第二天该怎么办公还怎么办公。

怎么样，比那些男人皇帝大度多了吧。

有时候朕胡思乱想，等到遥远的以后——也许用不着多遥远，大明宫的明堂之上，女官和男臣平分秋色，红粉和须眉并驾齐驱，各自从容地为这个国家效力，天下平白多出一倍的英才。

想想就舒爽。

婉儿只是个开端。尔等拭目以待吧。

【该用户已销号，评论已关闭】

匿名用户

105 人赞同了该回答

谢邀。这个问题我最有资格回答。出于个人隐私原因选择匿名，见谅。

由于工作原因，我身边有很多学霸共事，但他们一般都是男的，女学霸寥寥无几。

只有她，一个人的才气抵得上她身边所有男人的总和。

她是我家的家族秘书，是被我母亲慧眼发掘的。那时她只有十三岁，而我已经年过二十。母亲拿来她的文章和我的一对比，每次都让我自惭形秽。

我开始暗中注意这个聪敏的小姑娘。但是我不敢染指于她。她是我母亲的人，而我不敢忤逆我的母亲。这其中原因很复杂，不细讲了。

总之，她跟在我母亲身边疯狂地学习，她变得越来越像我母亲。我看到她是如何精心讨得我母亲欢心，有惊无险地度过了一次又一次的信任危机。我看到她强烈的事业心，我看到她对权势的渴望。我知道这个女人如果不是累于出身，她定然会比我们男人更加功成名就。

说个好玩的事吧。我们大唐文化发达，女子吟诗作文也不是罕事，但写诗毕竟费脑子，我的妻女们也都文采平平，每次过年过节，大家应景赋诗，水平也就那么回事。忽然有一年，大家集体开窍，我的小女儿拿出了一首惊艳全场的诗，随后我的大女儿也不甘示弱，拿出一首风格迥异、同样精彩的诗，然后是我的妻子，她平时连抄书都经常抄出错别字，这次也居然拿出了一首朗朗上口的诗……

大家面面相觑，最后不得不承认，都是请才女代笔的……

当然啦，这种事对她来说不过是动动手指。换来的是我们全家对她的依赖。

她用自己的才华给自己换来了许多东西：财富、地位、名声、家人祖先的平反，甚至还有和不少风流才子的桃花。

我呢？我甚至不在她的备胎名单里。我这一辈子被女人压制惯了，不奢望太多。

直到我的母亲去世了，家族事业落到了我的手里。我成了她的新上级。

我终于可以纳她为妾，想把才女拴在我的一方小天地里，每天为我着红妆。但是我发现自己做不到。

我需要她处理公务。她每缺席一天正事，我的办公室里就会多一堆让人焦头烂额的烂账。

我这个人吧性子比较软，我的妻子、女儿和手下都喜欢各自结党争斗，我限制不来。只有她能够帮我平衡各方势力，让我安安心心地在家享福。

我们家族的事业运转完全离不开她。

以色侍人几时好？或许，这就是她能始终保持自己地位的原因吧？

有时候我胡思乱想，我家族的祖先们也许做梦也想不到，一个女人能凭借自己的才能——而不是脸蛋，爬到如此高的位置上，接管他们所珍视的权力。她像男人一样生杀予夺，翻云覆雨。

而我的后辈们呢？百年之后，这种红粉当政的局面是会成为家常便饭，还是会成为埋入历史的惊鸿一瞥，让人难以置信？

扯远了。总之，作为一个男人，身边有一个处处强于自己的女学霸，肯定是有压力的。但时间久了也就习惯了。

毕竟，给我压力的也不只她一个女人。

评论（2201）

皇后韦氏

皇上这最后一句话是什么意思？麻烦下朝之后来我宫里一趟。

匿名用户（作者）

皇后你是怎么认出朕的？

[惊恐.jpg]

著名词人宋之问

年年岁岁花相似，岁岁年年人不同

295人赞同了该回答

谢邀，人在皇宫，刚下马车。

不谦虚地说，本人也算是学霸一枚，进士及第，文采斐然，和沈佺期并称“沈宋”。大唐文坛里本人少有敌手，只有一个女学霸上官婉儿处处压我一头，让人很恼火。

她倒是有那么一些才气，也会作诗。由于家学渊源（她祖父是宰相上官仪），她的诗风细腻，声辞精巧，绮错婉媚。由于她是女皇身边红人儿，“上官体”诗风流传于宫廷，人人都争相模仿。

不才我为了仕途顺达，也按照这个风格作了许多诗，得到了皇上的赞誉，真是惭愧。

可是我不服气啊。“上官体”得以流行，只是因为她的政治地位比较高而已。我宋之问官小，就没人模仿我的诗风。

哎，没办法，谁让这天下女子当政，女子地位高得不得了，我们男人只能吃亏。

后来女皇下台，中宗复位，按理说应该重用我们男同胞了吧。可是皇上居然还依仗她为左膀右臂。她提议发展文化事业，设置昭文馆广招天下名士，俨然成为大唐第一学术泰斗，那个威风潇洒，让我们堂堂须眉男儿心里太不平衡了。

不过呢，昭文馆给出的俸禄丰厚，不才我也就厚着脸皮去报名了，而且被选为学士。

我记得有一次，皇上赐宴游乐，令学士文人们赋诗唱和，而且要评选一篇全场最佳诗作，呈御览并谱曲。

那是极大的荣耀。我们一群饱学之士都摩拳擦掌，打算大出风头。

我忽然想起来，问：“那谁是裁判？”

有人指着一个在高台上怡然端坐的身影：“还能是谁？上官昭容啊！”

我一口血差点吐出来。

让一个女流之辈主持风雅，做我们大老爷们的裁判？

人在屋檐下不得不低头。为了诗作御览的荣耀，我毅然参赛。

我偷偷左右看，只见同僚们全都抓耳挠腮，有些紧张得手抖，一会儿看纸，一会儿抬头看看上官婉儿的面孔，绞尽脑汁地创作。

没出息。太没出息了。

我一边腹诽，一边揣摩上官婉儿的喜好，搜肠刮肚做了一首律诗。

诗作被拿到了高高的彩楼上，呈现给她。

她看得很快，一张纸一张纸地拿来，读完诗题和开头两句，就皱皱眉头，随手将诗稿一丢，当场退稿。

内侍高声念出被退稿的作者名字，他灰溜溜地下楼。

还好不是我。

就这样，不合格的作品被快速淘汰。我的心提到了嗓子眼。

因为一个女评委而患得患失，丢人，太丢人了。

终于，她手中只剩下两份诗稿。不用看也知道，一份是我的，另一份是跟我名气相当的沈佺期的。

我看看小沈。他汗如雨下，紧张得嘴唇发白，跟我轻声说："老宋啊，以往咱俩旗鼓相当，才名一向不分伯仲。我看……我看就以今日定高下，以后不必再争了。"

我咬着嘴唇，不错眼珠子地盯着彩楼，看到那上面又飘下来一张纸——

好像是沈佺期的字迹！

沈佺期还在一脸期待地看着我。我当即拍胸脯，说道："一言为定！就以上官昭容的评判为准！"

倘若此时有人看到我的眼神，定会以为我是上官昭容的狂热粉丝。

诗稿落地，果然是沈佺期的！

后来的事我有点记不清了。据宫人回忆，我当场跳了三圈胡旋舞。

才女是我的福星。虽然在女人手底下工作有点……掉份儿，但为了前途，我忍了。

不过我依然希望大唐的文坛领袖能是个男的……

不说了，我去梳洗换衣了。才女今天晚宴，本英俊小生要去自荐枕席了，哈哈。

评论（577）

著名诗人沈佺期

兄台加油。

张昌宗

宋先生照照镜子吧。就你这个口臭，谁愿意收你当面首啊？当年武皇差点被你熏死。

刘希夷

歪个楼，答主签名档的两句诗系抄袭，望周知！

韦后指定皇太女

直播美妆带货，官位空缺有意者私信

5566人赞同了该回答

不邀自来！

上面这些水军你们够了！别以为本公主不知道你们说的是谁！

不就是上官婉儿这个贱婢吗？被你们一个个捧得跟仙女似的，肤浅！不就是会作点诗文吗？我大唐会作诗文的才子才女多了，缺她一个？

她就是会钻营！小小年纪在掖庭里就琢磨着怎么出头，傍上我皇祖母的大腿就不放，是一个曲意逢迎的马屁精，一点个性都没有。

学霸就应该泡在昭文馆里研究学问，哪有像她这样积极干政的？哦，她确实会写诏敕，摆出一副忠心佐政的样子，帮我母后出主意，实施了一些收买人心民望的政令。她还帮我们排斥异己，我那太子哥哥李重俊造反，也是她辅佐我父皇出兵抵御的。表面上好像很忠于我们母女似的。其实后来我猜看出来，她一点儿也不是真心辅佐我母女！她只为她自己！

我们跟太平公主斗了那么久，她就是不选边站，这还不能说明什么吗？她就是看不得女子当皇帝！跟她祖父一个德性！

女人何苦为难女人，是不是？

本公主要当皇太女那是众望所归，天下人哭着喊着奏请我父皇立储。就她矫情，非要反对，变着花样地进谏，什么辞官啊，出家啊，还居然来了个死谏。你倒是真死啊，还不是让太医给救回来了，做戏！就凭这一点，本公主跟她不共戴天，等以后当了女皇，第一个清算她！你们这些给她说好话的等着，我一个都不会放过！

立帖为证！

评论（388）

皇后韦氏

裹儿是你吗？赶紧把皇太女这段给我删了！你就是不懂低调！气死为娘也！

大明宫的小太平

办公中，勿扰

9673 人赞同了该回答

有个才女在身边的感觉，大概就是……能处处发现美吧。

身边正好有个女学霸，跟我差不多大。她心思玲珑，我出身高贵，谁也不服谁。

小时候一起读过书，一起打过马球，一起结伴春游，为同一个帅哥心动；长大了渐渐变得陌生，互相算计过，提防过，合作过……现在怎么说呢，算是朋友吧。

我和她曾经在政见上有分歧，曾经为了一个男人争风吃醋，但是女人嘛，总是懂得惺惺相惜。

这一点我和我母亲一模一样。

才女年轻气盛的时候曾经忤逆圣上，犯了死罪。但是圣上爱惜她的才情，再加上她花言巧语装可怜，赦了她死罪，改为黥面之刑，也就是脸上刺了墨字。

她养伤的时候我去看她，打算好好慰（嘲）问（笑）一番。

一般女子破相后怎么也得寻死觅活一番吧。没想到进了门，才女风流缱绻一如既往，张罗着给我煮茶斟酒。我一看，好家伙，她竟然在黥面的伤口上贴了梅花金钿。当时长安女子流行在脸上贴花钿，可她这花钿设计得比市面上的都精美百倍，又恰好遮在她的伤口上，不仅看不出受过刑，反而更妩媚了！

我五体投地。这丫头真懂得化腐朽为神奇。

才女也不藏私，大大方方地给了我梅花钿的做法。我回去试了一下，效果超群，迷倒了三个男朋友。

才女爱书，府中书房无数，书架上熏有异香。有时我向她借书，那几天自己的书房也会奇香扑鼻。她去世以后，我翻看旧物，偶然发现一本忘记还给她的书，几十年过去了，依旧香气不散。

对了，她死于宫廷政变。死于一个不懂得欣赏她的才能，只把她当成潜在政敌的肤浅男人之手。

别看别人，李隆基，我说的就是你!

那年我哥哥李显猝然去世，他的皇后韦氏和女儿安乐公主火速把持朝政，妄图复制我母亲武则天的传奇——她俩真的有治国之才也就罢了，奈何只是两个美丽的草包，论才干及不上武皇的一根头发，跟武皇唯一的相同之处大概只有性别。

我当机立断，叫上李隆基，让他杀进宫中，解决掉韦氏母女和她们的同党。

至于婉儿，才女百伶百俐，虽然身在险境，但早就撇清了自己和韦氏叛党的关系，还找我共同起草了一份遗诏，表明自己对李唐皇室的忠心。

上次太子李重俊叛乱，叫着要杀她，她都能巧妙地化险为夷。这次我也不担心她。

谁知宫变第二天，李隆基给我来信，说昨日的政变十分成功，该死的都死了，只是婉儿不巧也被误杀，他表示很遗憾。

我当时就惊呆了。

才女心思细腻，洞察人心，当年连我母亲都没舍得下手杀她。

她如何会被“不小心”误伤?

我明白，是李隆基怕她日后与他为敌罢了。

随后，才女的“罪名”也纷沓而至。什么秽乱宫禁、私通禁臣、轻弄权势……

我太明白男人的这些小心思了。他们不能容忍女人执掌权柄，他们会用最苛刻的标准来评判她的能力，恨不得钻入她的石榴裙下，吹毛求疵地放大她的每一项弱点。

对我母亲如此，对我如此，对她亦是如此。

但是我老了，没有力气给她正名了。我把她的诗作编成了文集。我倒要看看，她被后世所铭记的，到底是那点儿花边新闻，还是她的锦绣才名。

评论（1549）

李隆基

姑母你有点过分了，妇人家不要妄议政治，你不懂。

大明宫的小太平（作者）

呵，本公主妄议政治的时候，你牙还没长齐呢！

李隆基

姑母好自为之。

FASHION BEAUTY

太平公主

（约公元665年—公元713年）

职业

政治家，
皇帝和皇帝的宝贝女儿

ID

@大明宫的小太平

个性签名

本公主帅起来，
就没有诸皇子什么事了！

文/顾闪闪

TaiPing GongZhu

圆领襕衫：
都说了，穿裙子影响我大展拳脚！

太平：我为什么要穿男装？一个字，爽！古人讲，女子出门要守这个规矩，要遵那个教条，我大唐女子可不管那些，我母亲连皇帝都做了，穿身圆领袍又算什么？比起拖拖拉拉的长裙，开胯的圆领袍更便于活动，搭配上我心爱的皂罗折上巾，不管骑马、打猎、还是踏青约饭，我都自在得不得了，值得推广，五星好评！不要和本公主喊什么交领右衽才是正统，早在贞观时期，经长孙无忌倡议，圆领襕衫就成为了士大夫的官方穿着。我爷爷和阿翁的日常穿搭就是赤黄圆领襕衫、折上巾、九环带和六合靴，不信你们去看画像！

抹额：
穿男装又想凹造型？选它！

太平：《续汉书 · 舆服志》记载，抹额是打仗时保暖防风用的，秦始皇、汉景帝都做过代言人，全军推广，谁用谁说好。到了我朝，抹额就成了男装小姐姐们耍帅、凹造型的利器。可以驾驭抹额的姑娘都拥有独特的气质，可盐系可禁欲。红黄两色的抹额绑在光洁的额头上，胜过百样斜红花黄，保你在一众女扮男装的时尚姐妹中脱颖而出。

俗话说，美丽从“头”开始。身穿男装很难搭配满头珠翠，我建议定制一条抹额。走简约路线，抹额便成了军中之物，充满杀伐冷艳之气；可一旦饰以刺绣和珠宝，此物就又成了夜宴女郎们的宠儿。抹额一戴，谁都不爱，当真是又 A 又有型。

蹀躞带：
酷女必备七大件

太平：还在系普通的腰带吗？拔刀杀人多不方便。身为行走在诡谲政坛的铁腕小公主，我首选可防身可装饰的蹀躞带。这款多功能腰带自带佩刀、短刀、砺石、契苾真、哕厥、针筒、火石等便携式的战斗装备。这些装备合称“蹀躞七事”，是我曾祖父——高祖皇帝执政时，从胡族传来的。蹀躞带可不止实用这一点好处，充满质感的牛皮材质、用料考究的金镶玉、豪迈中不乏精致的錾花银香囊，都在无形中提升了佩戴者的气场和品位。只有三品以上的官员才能使用金玉带銙的蹀躞带，更在无形中抬高了佩戴者的身价，让普通的男装平添几分大唐贵气。

太平公主

TaiPingGongZhu

男装才是真绝色

文 / 拂罗

“长安大道连狭斜，青牛白马七香车。玉辇纵横过主第，金鞭络绎向侯家。”

什么是大唐女子的时尚？

若说美人如花隔云端，唐宋元明清，唐代的美人便是牡丹，不是徐徐地开，而是热烈地怒放。尤其在安史之乱前的大唐，那时万国来朝，还没有后世“三寸金莲”的陋习，她们可以尽情提裙奔跑；更没有“弱柳扶风”的娇弱，她们可以尽情着胡服、打马球……大唐的女子，就像一抹胭脂点缀了盛世。

若我们回溯千年，来到大唐，必定能看到女子们穿胡服款款出行的“奇景”，其中的代表人物便是太平公主。

太平公主是何许人？

为了尽可能还原这位引领唐朝风尚的公主，本期的周刊穿越板块将派出三位时空记者。他们会根据太平公主的生平，分别前往三个时空段，共同描述这位传奇女子的一生。

首先，我们连线记者 A……喂？能听到吗？

REPORTER A 记者

你们好，眼下我身处公元670年。我将带你们见证太平公主从幼年到少年的时光。废话不多说，既然由我开场，那么趁着寻找小公主的时间，咱们来简单讲讲背景吧。

大家都知道大唐的开国皇帝是李渊，正是他与儿子李世民起兵推翻了隋的暴政，而李世民在经历“玄武门之变”后，又开启了贞观之治。此后，万国来朝，一个传奇的唐朝开始了。

在李世民之后是唐高宗李治，很多人跟我反映没听说过他……没关系，李治的老婆比他出名多了。李治早期精明能干，晚年却因“风眩”病迟迟治不好，总把活儿推给他老婆，为日后他老婆篡权种下了隐患。

李治：哎呦，头疼……老婆大人帮帮忙。

李治他老婆：好，知道了，你快歇着吧。

李治：哎呦……老婆？

李治他老婆：好吧，知道了。

久而久之，小剧场已经渐渐变成了如下画风。

李治：哎呦……

李治他老婆：你，下场，我来。

可能有人会问，贤内助不好吗？我提醒一下，李治他老婆……姓武。大家可能就一拍脑瓜想出来了——他老婆就是大名鼎鼎的武则天，也就是从古至今第一位女皇帝。自古天家明争暗斗，李治再三拱手相让，终于将龙椅“让”了出去。

而我们这次的采访对象，就是李治与武则天的第二个女儿，太平公主。

要形容这位小公主的幼年生活，可谓是娇生惯养、锦衣玉食……多少词都不够。我已经乔装在后宫绕了好几圈，五岁的小公主不是去探望母后了，就是被前呼后拥着出宫探望她的外祖母荣国夫人了。

我压根儿没机会采访啊。但是没采访到公主我绝不回去！目前我正蹲在宫墙脚下，为你们继续报道。

什么？有人问太平公主有多受宠？

这个嘛……作为武则天两口子最小的女儿，本就集万千宠爱于一身，更别提武则天经历过丧女之痛，自然要把双份宠爱都给年幼可爱的太平公主了——她姐姐安定思公主正是在襁褓中早夭的。

就在安定思公主夭亡后，太平公主出生了。作为母亲，武则天将柔情都给了小女儿。武则天对太平公主有多宠爱？听宫女们偷偷讲过，五岁的小公主喜欢去外祖母家玩，因为每次都带了很多美貌侍女，就被她那不正经的堂兄贺兰敏之盯上了。

这个衣冠禽兽的轻薄行径，给小公主留下了很深的阴影。孩子哭着回宫找母亲，武则天一听，拍案大怒：欺负到我家宝贝身边的随从头上，这还得了？武则天当即撤了此君在武家继承人的身份，并将其流放。流放还不够，此君在半路就被武则天赐死了。

小宫女们纷纷拍手：大快人心。

（画外侍卫音：“哎，那个蹲墙根儿的，鬼鬼祟祟干嘛——”）

与记者 A 连接断开三分钟……

呼，大家好，我是记者 A。

刚才蹲墙根被人家发现了，差点因公殉职，幸好我跑得快啊。看来是没机会采访幼年时的小公主了，反复跳跃几次，看来我只好前往公主少年时候了。

趁我跳转时空的当儿，咱们继续讲公主有多受宠。

首先不得不提，其实“太平”是公主的道号，因为后来外祖母去世，武则天又唯恐女儿也夭折，就以祈福之名让女儿出家为道士。

小公主名义上出了家，其实还是住在宫里，留在母亲身旁。后来吐蕃派使者来求婚，一眼就看中了漂亮的小公主。在古代，公主出塞联姻本是最常寻不过之事，但武则天看着眼泪汪汪的女儿，又看看双眼冒光的大胡子吐蕃人，脑海里第一个蹦出来的词是“做梦”。

关于这点，李治和老婆同一战线：我家的小白菜，岂是你说摘就摘的？

面对吐蕃使者当然不能直接说“你做梦”，两口子思来想去，干脆命人修建了太平观让女儿去住，也算是正式出家来逃避提亲，吐蕃使者只好怏怏作罢①。

太平公主在父母膝下自由自在地长大，大唐开放的民风使她生性烂漫又自由。她最喜扮倜傥少年，紫袍玉带，加之生得“方额广颐”②，像极了武后，颇有几分“骑马倚斜桥，满楼红袖招”的风流。

男装公主勾唇一笑：“就问姑娘你，跟不跟本宫走？”

迷妹们：“走走走！”

在迷妹们的疯狂打call声中，前台记者A——也就是我，过五关斩六将地挤到公主面前，怀着无比激动的心情问道：“作为引领唐风时尚的新一代教主，你对坊间说你‘男装大佬’的说法，有何看法？”

太平公主：“嗯？谁说的？我记一下。”

记者A：“咳咳……我们绕过这个问题哈，您觉得自己的成长受谁的影响最大？”

太平公主：“当然是我的母后了！母后从小就教导我，女儿家当自强，错的不是特立独行的我，而是这个男尊女卑的世道。”

记者A：“好的。还有一个问题，公主着男装的初衷是什么呢？”

刚问出这个问题，我就被狂热的迷妹们挤到了后排……我听不清公主回答了

① 《新唐书·列传第八》：太平公主，则天皇后所生，后爱之倾诸女。荣国夫人死，后丐主为道士，以幸冥福。仪凤中，吐蕃请主下嫁，后不欲弃之夷，乃真筑宫，如方士薰戒，以拒和亲事。
② 《新唐书》：主方额广颐，多阴谋。

什么，只看清她隔人海淡淡瞥了我一眼，那轻描淡写的口型分明是两个字——自由。

自由，这是古今多少女子上下求索的终极目标。作为盛世，大唐的文化经济与军事实力已发展到鼎盛，随之而来的便是人性的觉醒。越来越多的女子勇于走出束缚，追求自由。

公主力求自由，也包括她的爱情。

看过《大明宫词》的读者可能会知道，公主的第一个驸马叫薛绍。电视剧里年少烂漫的公主，在上元夜匆匆掀开薛绍的面具，看见那“刚毅的面颊上徐徐绽放的柔和笑容”，随即心动。不过，公主不知道薛绍已有家室。听闻女儿无可救药爱上薛绍，武则天做了个残忍的决定：瞒着女儿下令处死了薛绍的家眷，强令薛绍成为驸马，导致后来薛绍在痛苦中结束生命。

剧中的情节真真假假，毕竟经过了艺术加工。作为时空记者，我要澄清的是，薛绍没有家室，他是李治的嫡亲外甥。虽不知公主是如何心悦于薛绍的，但他们是彼此的初恋。太平公主坚定不移地要嫁给他。

有一次她穿着武官的衣裳在爹娘面前跳舞，惹得双亲大笑：“你啊，你又当不了武官，怎么打扮成这样？”

太平公主大大方方地回答：“我穿不了，可以赐给我未来的驸马穿啊！”①

在公元681年，十六岁的太平公主如愿嫁给了薛绍。我在这段时空最后所见，便是那场豪华的大婚——照明的火烧焦了沿途的草木；婚车过于宽大，下人不得不提前拆除了过道的墙。

公主亮晶晶的眼中，藏着她十六年来全部的少女心事，如今得以实现，她的心思如徐徐展开羽翼的凤凰，要飞往天际。

让我们衷心祝福太平公主。

以上是我的全部见闻。

① 《新唐书·列传第八》：久之，主衣紫袍玉带，折上巾，具纷砺，歌舞帝前。帝及后大笑曰：“儿不为武官，何遽尔？”主曰：“以赐驸马可乎？”帝识其意，择薛绍尚之。假万年县为婚馆，门隘不能容翟车，有司毁垣以入，自兴安门设燎相属，道樾为枯。

REPORTER B 记者

记者 B：“如果对十六岁的自己说一句话，您要说什么？”

太平公主：“我想说，天家的自由从来不在自己手中，我天真的十六岁年华已经过去了。薛绍死后我才惊醒——自由只能由我自己去争取。”

感谢记者 A 的独家采访，麻烦主持人把镜头切一下。如看客所见，我所在的时空是公元 688 年，也就是记者 A 断线的七年后，接下来我要讲的史实，还请诸位做个心理准备。

一切故事的转折，必定悄悄埋着伏笔，数年的幸福蒙住了公主天真的双眼，让她从未发掘过母亲阴沉的心思。对于平民百姓，薛绍的出身足够高贵，对于武则天来讲，薛绍的嫂嫂萧、成二氏却不够高贵，武则天一度想逼迫薛绍放弃这段婚姻。后来经劝说，她才罢休。

简而言之，这是一段并不登对的婚姻。两个年轻人在举案齐眉中度过幸福的区区几年，生下二男二女后，浩劫就这么猝不及防而来。

这一年，薛绍的兄长薛顗参与谋反事件。败落后，这件事牵连无辜的薛绍入狱。驸马爷被武则天一声命令丢入大牢，杖责一百，最后竟凄惨地死在了狱中。太平公主苦苦哀求，也未能打动母亲坚决拆散他们的心——纵使当时他们的第四个儿子才刚刚满月而已。

武则天固然是心疼女儿的，也正因为心疼，女儿的一切她都要牢牢把持在手中。为了安慰悲痛的女儿，她破例将太平公主的封户增加到足足一千二百户。

可她是太平公主，长养于宫中，最不缺的便是锦衣玉食。这些能抚慰公主绝望的心吗？不能。她在世上最亲爱的两个人彼此为敌——她的母亲竟赐死了她的郎君。

她要如何去深爱她的母亲？

她要如何去祭奠她的薛绍？

更让她绝望的是，不久之后，武则天就打算将她许配给自己看中的女婿武承嗣，后来因对方生病作罢。太平公主刚刚松了口气，想跑去爱人的墓前拜一拜，母亲又降下第二道圣旨，让她嫁给武攸暨。

“放心吧，女儿，母后都为你打理好了。这是为你好啊。”

武则天此举诚然是为了女儿，因为就在公元690年——二人成婚后两个月，武则天便正式登基。已经成为武家儿媳的太平公主得以从政变的血雨腥风中脱身。记者A提起过《大明宫词》里薛绍已有家眷，其实历史上有家眷的那位驸马并非薛绍，而是武攸暨。

为了让女儿嫁给武攸暨，武则天赐死了武攸暨的妻子。①

新婚当日，表情麻木的太平公主缓缓掀开盖头，对面是同样表情麻木的武攸暨。

十六岁自由如风的年华，在公主面前缓缓破碎。从此这个鲜活斑斓的盛唐，在她眼中只剩下灰白的权术。原来她曾欢笑着跑过的宫殿，处处都藏着杀机。

天家的自由从来不在自己手中。

我采访太平公主时，她眼中已没有记者A所报道时的自由光彩。她不再憧憬爱情，坚定地对我说：“只有像母后那样站在权力的顶端，我才能随意掌控自己的命运。”

记者B：“那……您要如何走向权力的巅峰？”

太平公主：“帝位。”

如果说太平公主引领了唐风时尚潮流，那么武则天便是引领了女子夺权的新潮流，太平公主是坚定不移的追随者。

经历过第二次婚姻的太平公主开始步步靠近母亲的老路。她从未将武承嗣放在眼里，而是开始肆无忌惮地养起了男宠，其中最出名的莫过于张昌宗。

武攸暨本就生性谨慎，加之发妻被赐死，他与太平公主只不过是逢场作戏。

① 《新唐书·列传第八》：绍死，更嫁武承嗣，会承嗣小疾，罢昏。后杀武攸暨妻，以配主。

太平再也不是在母亲膝下玩闹的太平了。

以此为分界线，母亲武后赐予她的政治天赋开始缓缓显现。通过为母后进献男宠，实则安插眼线、除掉酷吏来俊臣，太平公主缓缓步入了政治舞台。通过两次血腥的政斗，她终于与最后的大敌——李隆基正面对峙。

第一次政斗，是武则天晚年，本是男宠出身的张家兄弟愈发无法无天，同时得罪了李武二家。作为李党的太平公主便趁机与宰相张柬之合谋，发动兵变，铲除了张家兄弟，并逼迫武后逊位给太子李显。

李显是什么人?

他是太平公主的三哥，同为母后武则天所生。李显掌权期间十分信任太平，善于谋略的太平也并未大张旗鼓地争斗，而是养精蓄锐，等待下一场天家纷乱的来临。果然，皇后韦氏先一步下手，与女儿安乐公主一同毒杀了丈夫李显，企图架空新帝李旦。

而最大的阻碍，莫过于太平公主与她的四哥李旦，与李旦之子李隆基了。

山雨欲来风满楼。

记者B:“这真是……亲人相残的悲剧啊，这就是天家吗？”

太平公主:“我早就见惯亲人自相残杀。放心，这权力还在我手上，我不会让这江山姓韦。”

记者B:“倘若是十六岁的您……怕是万万也想不到今天吧。”

太平公主:“人总是会变的，往事莫提。”

我是记者B，本次采访即将结束时，我与太平公主一同静静地立在小楼之巅，看着这场欲来的风雨。冷风吹拂她的袖袍，她沉默良久，朝我冷静笑了笑，捏着一枚黑棋转身:“回去吧，接下来发生的事，不是你们这些外来人能参与的。”

回忆这段采访，她说，她早已记不起她的十六岁年华了，她不记得那年的自己，喜扮公子，骑马招摇，引得无数少女争相效仿。

她终究是要走母亲的老路，成为一个大女主。

而对于母亲的记忆，也只有那年母女争吵时，母亲冷冷的那句“我是为你好”。

时隔经年，她自然……也早记不起薛绍的脸了。

她转过身去，一步步离开我的视线，我看见发簪摇曳，明艳如初。

那分明是薛绍相赠的信物。

在我即将离开这段时空之际，远方又隐隐传来了杀声。那是公元 710 年的七月，为了诛杀韦皇后的势力，太平公主与李隆基共同发动了“唐隆政变”[1]，再扶持生性温和的李旦上位。从此李隆基和太平公主成为龙椅下两股最大的势力。

正如太平公主所言，接下来，便是不死不休的姑侄相争。

REPORTER C记者

记者 C：“这一路走来，您最后悔的事有哪些？”

太平公主：“后悔？过去的事我早就忘了，眼下我只后悔自己居然忽略了李隆基！若早些察觉这小子的野心，我也不至于如此辛苦！”

我是记者 C，我身处皇室动荡的公元 710 年。初步打听当下局势以后，我发现太平公主已经权倾朝野，朝中七位宰相，五位都是太平公主的门生，可其见实力宏大。而我们耳熟能详的太子李隆基……此时不过二十出头，满脸都写着“小鲜肉”。

太平公主起初并未把这小子放在眼里，奈何这小子的锋芒愈发强盛了。当时宰相们每每递出奏折，李旦都要先问：“尝与太平议否？”得到肯定回答后，又问：“与三郎议否？”

三郎指的就是他儿子李隆基，由此可见朝堂当时局势如何。而李旦生性温和，不愿看到妹妹与儿子相争，企图寻求平衡，奈何每每都控制不住场面。

（以下非正常情况下拍摄）

① 《新唐书》：玄宗将诛韦氏，主与秘计，遣子崇简从。

我们采访一下李旦："陛下，你此时是啥心情？"

李旦："心累……你瞅瞅，朕一刻不看着他俩就打起来了。哎，别打了别打了！要打出去打……"

李隆基："爹，你瞅瞅我姑姑！她过分了！"

李旦："哎呀，她好歹是你姑……"

太平公主："太子他行为不端，本就不是嫡长子，他就不该当这个太子！①他昨天晚上还跟太子妃偷偷讲陛下你头发稀疏呢！"

李旦："哎呀，他好歹是你侄儿。等等……那你是咋知道他说这些的？"

太平公主："我当然知道！我早派人把他监视得死死的……啊，这段掐掉，别播啊！"②

李隆基："……"

李旦："……"

太平公主的野心程度、李旦的心累程度、李隆基的警惕程度，都可见一斑。这几方力量的矛盾积累到了公元712年，眼看李隆基权势愈发强盛，太平公主终于按捺不住，请了个懂天文的人朝李旦进言："彗所以除旧布新，又帝座及心前星皆有变，皇太子当为天子！"

这句话什么意思呢？简而言之就是，陛下你清醒清醒，彗星都出现了，这证明除旧布新，皇太子李隆基要夺走你的帝位啊！

记者C个人观点，这不是个好主意，因为在无数次拉架的过程中，我们看到李旦明显头发稀疏……啊不，李旦明显心很累，隐隐有了让位的意思。

果然，李旦顺水推舟："行啊，把我这帝位传给有德行之人，避免灾祸。好了，

① 《资治通鉴》：太平公主以太子年少，意颇易之；既而惮其英武，欲更择暗弱者立之以久其权，数为流言，云"太子非长，不当立"。

② 《资治通鉴》：公主每觇伺太子所为，纤介必闻于上，太子左右，亦往往为公主耳目，太子深不自安。

③ 《资治通鉴》：上曰："传德避灾，吾志决矣。"

就这么定了，谁也别劝我。”[3]

太平公主惊呆了。

李旦说到做到。同年八月，他就传位给太子李隆基，自己落得清闲，当太上皇去了，无论太平公主和她的人手怎么劝，都没打动这位老干部想要退休的心。

记者 C：“既然大势已去，您打算……”

太平公主：“呵，大势已去？世上枭雄英雄千万，时势造英雄，英雄造时势，今我偏要造势，谈何大势已去！我要我的命在自己手里！”

史书记载中，公元 713 年爆发了“先天政变”，太平公主准备起兵发动叛乱。同样精明的李隆基却先一步抽出了刀，诱杀太平公主的羽林军，又以迅雷不及掩耳之势废除余党。太平公主匆匆逃入南山佛寺，事发三日后才出来，被李隆基下诏赐死于府中。[1]

传说太上皇李旦于心不忍，曾出面请求儿子免其死罪，被李隆基毫不犹豫地拒绝。

他深知什么是斩草除根。有了武后的前车之鉴，群臣也深知：在武则天之后，切不可再出现第二个那样的女子。武则天辉煌的一生，让太平公主等“女流”看见了另一条不平凡的路，却无形中也激起了男子政权的警惕。

她想成为第二个武后，何其困难。

我是记者 C，在太平公主此生最后的光景中，我曾问过：“公主，倘若能重来，你后悔过这辈子吗？”

彼时她脸色惨白，已无力再说话，缓缓抬起头望向我时，眼神惨淡却不凄凉。她微微勾起唇角，朝我一笑。

接着，她又缓慢地摇了摇头。我再看去，见她眼里不再有光。

她死了。

太平公主的一生也在我的镜头下落幕了，这一年，为了表达自己创立一番伟业的决心，李隆基将年号改为“开元”。

开元盛世渐渐开始了，新帝终于踏过万骨枯，缓缓坐在龙椅之上。我们所

① 《资治通鉴》：太平公主逃入山寺，三日乃出，赐死于家，公主诸子及党与死者数十人。

采访的太平公主，亦是累累枯骨中的一员。古往今来，天家反复莫过于此，等待李隆基的又会是数年后新的暴风雨——安史之乱。

结束这段采访后，我沉默了许久，又忽然惊醒。

太平公主……她自然姓李了。

可是，她叫什么名字呢？继武则天之后第二位如此野心勃勃的女子，她在史书背后的名字，竟也没有笔墨肯记载吗？

哪怕她曾万千宠爱于一身，哪怕她曾引领过整个大唐的风尚，哪怕她曾是个野心勃勃的政治家，也只不过沦为轻描淡写的“李氏”。

中国千年，从天家到百姓，曾有多少个无名的李氏？

我看见一阵自由的风，匆匆吹过盛世；我听见风里女子们银铃般的肆意大笑，撼动了后世千年腐朽的礼教；我见那风来，我见风又过，那一抹胡服纵马的飒沓倩影，匆匆跑过长安城的街坊，盛世的大门在她身后徐徐紧闭。

她一骑绝尘，扬起风沙迷了后世文人的眼，他们揉掉眼中的砂砾，皱了皱眉，轻描淡写评判道：“近服妖也。”

盛唐过去了，自由也离去了。

搁笔之际，我又想起了千年后我的时代，那里同样是一场盛世繁华。不同的是，我要归往的时代，大多人的命运都掌握在自己手中，旧日帝王家已不再，一切从头越，还看今朝。

公主，倘若真有来世，愿你生在我的盛世吧。

JIE MI DA TANG

揭秘大唐最新妆容服饰流行趋势

文 / 夜观天花板

大唐二百余年，时尚风云变幻。初唐的纤细挺拔，明快清新，是“应照离人妆镜台”；盛唐的丰肌腻体，繁荣多彩，是“云想衣裳花想容”；晚唐的奢靡华贵，风雨飘摇，是“照花前后镜，花面相交映”。一个个时尚 icon 不断崛起，就让我们跟随大唐带货偶像的步伐，了解最新流行趋势，“时世妆，时世妆，出自城中传四方”……

JIE MI DA TANG

NO.1 虢国夫人，大唐第一带货主播

GUO GUO FU REN
DA TANG DI YI DAI HUO ZHU BO

《虢国夫人游春图》中的唐女

大唐盛行粉丝文化，老百姓都爱追星。有个叫魏万的粉丝，追李白行程追了半年，李白去哪儿他去哪儿，一共跟了三千里，终于见到李白，献上了花。

粉丝文化盛行，自然带动了粉丝经济。唐代的文身刺青，还未带侮辱或街头性质，一般是喜欢谁，就文谁的书法或诗歌在身上。当时文青圈头部带货的是白居易，他有个死忠粉叫葛青，颈部以下全都文上白居易的诗，还带插画，文一赠一。

还有张籍，就是写“还君明珠双泪垂，恨不相逢未嫁时”的那个张籍，他是杜甫的脑残粉。“脑残”这二字可不是乱栽赃他，张籍每天在家都烧杜甫的诗集，把灰末混着膏蜜，冲水配饭顿顿喝，将诗集和膏蜜的销量双双拉高。

那么大唐哪位明星带货能力最强？

所有人都会毫不犹豫投虢国夫人一票！

虢国夫人，是杨玉环的三姐，在贵妃得宠后被迎入长安。她跟自己妹妹一样，也很受玄宗喜爱，皇帝赏给她的脂粉费达到百万两白银。按理说，虢国夫人有如此丰厚的经费，应该做

个美妆博主，把每季新出的大牌彩妆都试用个遍。

但虢国夫人却偏偏说“不”。唐代女子化妆，流行绿颜色的眉毛，俗称“翠眉”，虢国夫人可能是现代审美，觉得这样很怪，就偏不画翠眉，可谓“却嫌脂粉污颜色，淡扫蛾眉朝至尊”。

淡淡的蛾眉是什么样子呢？是远山一道烟。这种画眉的方式颠覆了时尚，黛墨销量蹭蹭上升，从此女子开始画黑眉。

虢国夫人吃什么？“紫驼之峰出翠釜，水精之盘行素鳞”，瞬间成为网红美食。

虢国夫人穿什么？“绣罗衣裳照暮春，蹙金孔雀银麒麟”，大唐爆款。

虢国夫人住什么？“栋宇之华盛，举无与比”，这个房价太高买不起。

虢国夫人甚至还开了一场大唐史

唐 张萱《虢国夫人游春图》

上观看率最高的直播，时至今日还有回放记录——《虢国夫人游春图》。

在这场直播里，虢国夫人一面踏青，一面带货，大唐史上卖得最好的三样货都在画面里。

其一是披帛。这是唐朝女子衣柜里必不可少的一件长带款饰品。女子通常把它搭在肩上或手臂上。因为披帛是由纱罗制成的，把它披在身上，如烟萦绕，要多仙有多仙，简直就是

小仙女。买它、买它！

其二是抹胸长裙。唐朝的时候，全球气候较为温暖，连现在的青藏高原都适合耕种。同时也因为气候偏暖，日常温度比较接近夏天，所以那时候流行用妆花纱和妆花罗做衣裳，这种“妆花”纱罗是罗经线绞转的丝织物织造工艺，摊开来看，上面分布着均匀的孔眼，非常透气和轻薄，有一种科技面料的既视感。虢国夫人就拿妆花罗定制了抹胸长裙，给姐妹们先穿上带货，露出凝脂般的肌肤、修长的脖颈。我跟你说，太舒适太性感了，必须买它！

其三是男装。怎么一个大唐女爱豆带动男装销量了？是不是卖错了货？不，没错。虢国夫人就爱女扮男装，比 YSL 的吸烟装要领先一千多年。这次直播，虢国夫和她的小助理们，各个戴上幞头，穿上青色或白色的窄袖圆领袍衫，骑在高头大马上。尤其是虢国夫人，骑着御赐的“三花马”，神色泰然走在最前头，英姿飒爽，爱了爱了。虢国夫人同款男装一上架就被秒光了。

NO.2

敦煌时髦单品深度研究

DUN HUANG
SHI MAO DAN PIN SHEN DU YAN JIU

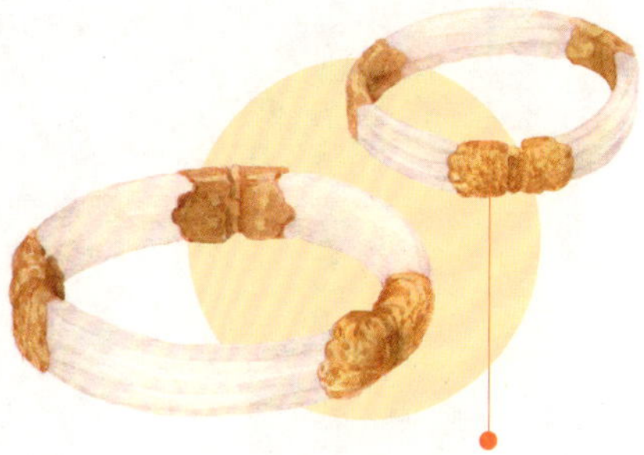

玉璧上的“土豪金”

提起敦煌，大部分人的脑海里会立即浮现漫天的黄沙，一弯清泉，反弹琵琶的飞天奏着千年的絮语，当然，还少不了莫高窟那一尊尊艺术品般的佛像。

莫高窟真正能够被缔造，除了多亏动手雕凿的工匠，还要归功于敦煌供养人。

所谓供养人，是指出资出力，开凿石窟的人，换句现代话说就是“金主”。这些人一般都是当地权贵，例如张议潮创立的归义军高层几乎都是供养人。这些金主出了力，就可以把画像画在石窟的壁画上。一开始供养人多放自己或亲眷的单一画像，后来渐渐变成全家福，再后来还会放上去世的祖宗，有多少人放多少，一家人就要齐齐整整。得益于这些供养人画像，我们能够 get 敦煌的时髦单品，梦回大唐！

敦煌时髦单品之首就是土豪金。

我大唐最不缺的是什么？

钱啊！

唐代有句找钱的俗语，说山上有葱，下有银；山上有薤（藠头），下有金。虽然毫无科学依据，但可以反映出大唐的真金白银是真多。

因为财富丰厚，所以唐代，尤其是晚唐，敦煌供养人一律走雍容华贵风。什么最时髦？炫富土豪金，夸张

唐 敦煌壁画《新妇娘子翟氏》（局部）

浮华！她们除了把镀金的饰物贴在面上，还要簪满头簪钗，明晃晃全是金黄色。例如《新妇娘子翟氏》这幅画，就是纸醉金迷风。我们可以脑补一下，一个头顶各种金簪金钗重达十几斤的人，笑着对你说：“抱歉，有钱真的可以为所欲为。”

此外，极繁妆容也尽显唐风特色。同样还是有钱的原因，晚唐装扮，可以用八个字来形容，“钗光鬓影、绮丽纷陈”。记录都督夫人礼佛现场的《都督夫人太原王氏供养像》是与《虢国夫人游春图》《簪花仕女图》齐名的大唐名场面，里面的都督夫人作为美妆大V，详细向我们示范了大唐最时髦的妆容。唐朝男人看女人卸妆，曾发过“归到院中重洗脸，金花盆里泼红泥”的感叹，可见当时的妆容之复杂繁重。

唐代整容式化妆的规范流程是敷铅粉、抹胭脂、画黛眉、贴花钿、点面靥、描斜红和涂唇脂，一共七个步骤。

其中，敷铅粉就是在脸上涂厚厚的一层粉底。“抹胭脂”却与如今的“抹胭脂”大相径庭，唐女会把胭脂涂满整张面颊，甚至连眼睑和耳朵都要涂上。胭脂厚涂叫酒晕妆；薄涂叫桃花妆；不厚不薄、铅粉融合的妆容，就像天空里若隐若现的霞光，因此叫做飞霞妆。

花钿是贴在额头眉间的饰物，金箔、贝壳、翠羽、鱼鳞，甚至昆虫翅膀都可以用作材料。

最前卫的步骤是“点面靥”。所谓面靥，又称妆靥，一开始是用朱砂或者胭脂点在双颊酒窝处，形成两个装饰的小圆点。到后来就发展创新，再次走向为所欲为了，直接点满脸，并且不再局限于小红点，铜钱、桃杏都能成为面靥。只有你想不到的，没有唐女不能用来做面靥的。

斜红是在面颊两侧、眉鬓之间，画两道弯曲的痕迹，最早模仿的是即将消逝的晚霞，唐女觉得它明艳不可方物。

涂唇脂就是涂口红了，跟现代类似，大唐口脂的色号也是极多，什么“媚花奴”“圣檀心”“天工巧”……时至今日，很多已只剩下名字，我们无法分辨哪个是吃土色，哪个是斩男色，但是有一种叫“乌膏”的口脂，我们可以明确知道“乌膏注唇唇似泥”，非常烟熏朋克了。

唐　木身锦衣裙侍女

姐妹，
你妆花了！
哎呀，
忘贴花钿了。
今天的胭脂
抹得有点浓。
别低头，
铅粉会掉！
我今天出门前
敷了四个时辰
的粉。

NO.3 淡黄的长裙，蓬松的头发

DAN HUANG DE CHANG QUN PENG SONG DE TOU FA

又高又蓬松的唐女发髻

提起唐代服饰，大家的第一反应总是飘逸气派，绚烂多姿，一眼望去目不暇接。因为有披帛搭肩，大袖衫将腰线提高，胸以下全是腿，雪肩若隐若现，所以大唐女性总是性感多姿、飘飘欲仙，尽情展露美丽。

袖衫长裙，总用薄如蝉翼的纱罗制成，选用浓艳的颜色，像绽放的牡丹，姚黄魏紫，永远不甘寂寞。其他朝代天子才能用的明黄，在唐朝却能沾在普通女子的曳地长裙上，“胸雪宜新浴，淡黄衫子裁春縠”“罗裙窣地缕黄金”“阿娇初著淡黄衣”……

淡黄的长裙，还要配上蓬松的头发。唐女发髻，多讲究高、多和束得不紧，要流露出慵懒之姿。时人段成式的《髻鬟品》和宇文士及的《妆台方》，是当时发型指导标杆，里面记载了名目繁多的发式，发明者全扯上历代君王，比如秦始皇嬴政创造了神仙髻，魏武帝曹操创造了反绾髻……如此种种不胜枚举，英雄豪杰全沉沦香闺，甚至连插在发上的步摇和骚头，都要分别算作周文王和汉武帝的发明。

文王、汉武：寡人哪有那闲心？！

段成式在《髻鬟品》中记录了众多发式，可以捡几个最吸引眼球的来说，比如孔雀开屏髻，听着名字就知道不得了，够嚣张。这种发式会将头发全都耸立起来，有特制孔雀开屏状发饰，梳好头后会置于髻前。这是当时名媛间流行的发式，其必备和贵气程度，相当于今日的铂金包。再比如双环望仙髻，听起来就仙气十足。这种发型要求女性把头发分成两股，用黑毛线或者黑带束缚成环，高耸于头顶，还原图其实相当有科技感。而最著名的，可能就是因“头上倭堕髻，耳著明月珰”闻名的倭堕髻了，这是一款极为慵懒的发式，是堕马髻的延续，扎起来以后会低垂斜侧向一边，据说为当时的已婚妇女所喜欢——是不是立刻就不想梳了？其实不然，年轻小姐姐梳起来也是极富少女心的，87版《红楼梦》里的林妹妹就梳过倭堕髻，配上她的罥烟眉和含情目，无比动人。

唐女梳髻，不仅仅只在头发上做文章，还会用簪、钗、步摇、胜、钿、花等饰物装点，金、银、玉、翠羽、玳瑁也都可以用作材料。且有个规矩，簪钗通常要成对出现，步摇可以斜着

《贵妃晓妆图》中贵妃梳髻的场景

或横着单插，有时候还会插上小花梳在发髻上。很常见的一种金钗头部是凤鸟，鸟嘴里衔着一挂珠串，走起路来，“云鬓花颜金步摇”，摇着摇着，就摇到大唐盛世的梦里去……

NO.4 这是一篇有气味的时尚资讯

ZHE SHI
YI PIAN YOU QI WEI DE SHI SHANG ZI XUN

得益于当时的全球化贸易，大唐帝国是一个庞大的香水帝国。

在大唐，人人用香水，就像现代人吃饭睡觉一样平常。

现代人喜欢把香水喷在耳后、手腕，只微微一点。但唐人会把香气熏满全身，怎么浓烈怎么来。贵妃娘娘最爱的瑞龙脑，据说十步之外都能闻到香味。中唐时期奸相元载的宠姬薛瑶英，是当时的流量爱豆，大家都说赵飞燕和绿珠都比不过她。这位薛瑶英肌香体轻，身上时时刻刻都在散发香味。人形自走香氛机是怎么练成的呢？相传这位薛瑶英的母亲，从小就用香料当米饭喂养女儿，经年累月，薛瑶英的每一个细胞都都散发着浓烈芬芳。

熏香球

唐朝香分本地香和外来香。沉香就是典型的本地香，波斯商人贸易带来香料则属于外来香，如《圣经》中的乳香。此外还有外邦朝贡而来的香料，比如天竺国的郁金香，吐火罗的瑞凌等。现代香水所区分的前调、中调和后调，均能在唐朝香料谱上找到。

有部著名的电影《闻香识女人》，里面的男主人公能通过香味辨别女人的年龄和地址，若是把这位男主人公放到大唐，他可能就犯难了。因为大唐的男人用香水比女人还厉害。

大唐的男人也爱美。他们用芹菜泥做面膜唇膏，还自制洗面奶。晚唐时期有个出名的爱美男人李梦符，他不仅化妆，每次出门时还要在头上插满鲜花，因此落下“服妖”的称号。在大唐，稍微有点条件的郎君出门，身上都会标配一个小球——这就是大唐的熏香球。它与现代陀螺原理相同，一般都是银制，上下半球可以打开，下半球是焚香金盂，郎君会把自己喜欢的香料装进去。如果没有熏香球，他们会把衣服熏过多次才穿，平均准备的出门时间比现代女性还要长。可能他们还会像小姐姐们纠结口红那样纠结香料：这次出门选哪一种好呢？

有时候自己做不出选择，就会找别的郎君参考，这种互相交流渐渐演变成互相竞争，社会上开始风靡起“斗香”文化，人们喜欢聚在一起比谁的香厉害。这种公开的“斗”，甚至发展到隐形竞争，暗中较劲。例如有人无论何时都在嘴里嚼类似口香糖的沉香或者麝香，保持“口吐芬芳”；又例如有人睡觉时让两位侍者捧着香炉站在床边一站一整夜，不香睡不着。最厉害的那些大佬们，唐玄宗、杨国忠、安乐公主甚至张昌宗，直接用香料（沉香木）做房子，让自己“浸泡”在香气中。

熏香球

NO.4

纯中式拜拜，胡服+炫彩才是长安时装周的正确解锁方式

HU FU XUAN CAI CAI SHI CHANG AN SHI ZHUANG ZHOU DE ZHENG QUE JIE SUO FANG SHI

一千多年前的长安，在当时时尚界的地位，相当于现代巴黎、米兰、纽约和东京加在一起的总合，是名副其实的国际大都会。

那时的长安已经汇聚了无数叙利亚人、阿拉伯人、日本人、波斯人、罗马人，甚至还有来自遥远非洲大陆的昆仑奴。举个例子，安史之乱时，唐玄宗手下的大部分都不是汉人，将领李光弼是契丹人，仆固怀恩是铁勒人，高仙芝是高丽人，哥舒翰是突厥人……

大唐，早已是全世界的焦点和中心，所有的人都可以到长安来追逐名利，也追逐时尚。

《唐代舞妓图》中身着胡服的唐女

胡人多了，胡人的东西也渐渐开始流行。

长安人好胡乐，丝绸之路上的箜篌觱篥夹着边风而来，风靡一时。有

一只很出名的、留存于世的唐三彩骑驼乐舞俑，塑造的就是汉人和高鼻梁深眼眶的胡人在同一只骆驼上演奏乐器的形象。

长安人好胡食，五福饼、搭拉和音斗部都是当时的网红美食。我们现在吃的芝麻烧饼，就是当时最受欢迎的胡饼。长安人坐的小马扎都叫“胡床”。

这样的长安人，怎能不喜欢胡服？没入手一柜子胡服，都不好意思自称时尚达人。

那时候最流行的男子胡服纹样，是联珠猪头纹和对鸟纹，这些都是西域图案。现代人穿唐装，上面有唐草，但其实这种唐草是长安人根据波斯的葡萄纹，加上希腊花草，逐步演变而来的。

而女子胡服，销量最好的是回鹘装，这种装束衣身宽大，用现在的话说就是 oversize，翻折领搭配窄袖连衣长裙，腰间束带一收，综合了波斯和希腊的着装风格。“回鹘衣装回鹘马，就中偏衬小腰身”，这样的装束从河套地区一直风靡到长安，席卷整个大唐。

当时的纺织材料和技巧洋为中用，采用彩色纬线做丝绸提花。我们

胡服骑马俑

现在搭配服饰，常常提到“一身不超过三种颜色”，不然就不好看了。但唐代盛极一时的扎染晕色让一件衣服同时拥有七八种颜色，且引为潮流。脑补一下满街都是一身赤橙黄绿青蓝紫的洋装，可还行?

我们知道，古代的颜色是分官阶的。唐代按照制度，一至三品的官员才能穿紫袍。但大唐如果苛守规矩走了寻常路，就不是我大唐。大唐的男女都爱紫色，没有贵贱之分，只要喜欢，谁都能穿——“娼家日暮紫罗裙，清歌一啭口氛氲”。他们还喜欢黄色、红色和绿色，怎么耀眼怎么来，一定要扮作整条街最靓的仔。也许在现代人看来，这么多颜色混在一起有点“瞎眼”，但从出土和流传下来的一些画作看来，当时人这样穿是一点不违和的，艳丽张狂的色彩反而极具美感。这种兼容并包的做法，只有自信且极富实力的国家才能做到。

人们只有吃饱穿暖，并有丰富的物质文化生活，才有精力去追求浓墨重彩，这也印证了唐的大国风范。值得一提的是，长安的审美胡化，形成独具一格的唐风。而这种唐风又被归国使节们带回朝鲜和日本，时至今日，他们的服饰和妆容仍深深地受到影响。

胡服立俑

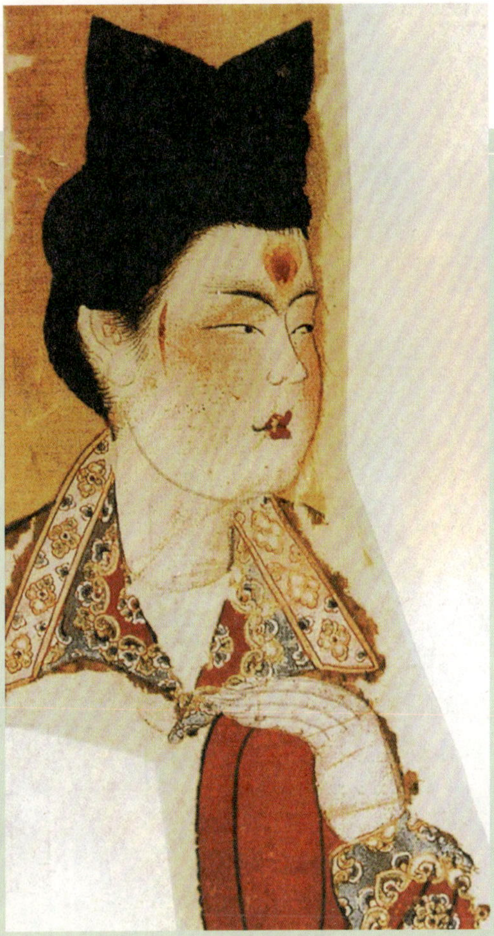

唐 《胡服美人图》（局部）

FASHION BEAUTY

薛涛

（约公元768年—公元832年）

职业

诗人，道姑
节度使府文案专员

ID

@庭前一枚女校书

个性签名

让我告诉你，
清新又精致的搭配秘诀！

文/顾闪闪

XueTao

翠钿：
风靡全唐！花钿又出新色号

薛：化妆少了花钿等于没化妆，这句话应该没有姐妹不知道吧？花钿虽然只是额上小小的装饰，但大唐的仕女宫娥们却开发出了数十种花样，有鸟、虫、花、叶，并不断创新，用上了金箔、银屑、珍珠、茶油花饼等不同的原料。更有时尚达人别出心裁，开发出了鱼鳞、鱼鳃骨、螺钿壳等材质的新型花钿，营造出一种闪闪发光的妆感。

说到这里就有粉丝会问，花钿这种饰品，是不是只有大浓妆才能驾驭？绝非如此，今天我就给大家推荐一款适合素颜画的“翠钿”。它的质地非常特别，是由翠鸟的羽毛制成，贴在脸上显得晶亮别致；但又因为它的色号是青绿色，引人注目的同时还不显得艳俗。如果你像我一样是冷白皮，这种翠钿会让你的皮肤看起来更加通透细嫩，不过黄皮就不要试了，真的不友好。

幂篱：
西域舶来品，十二时辰防脱妆

薛：有粉丝说，长安春季风沙大，出门没多久，精心化好的妆容就全花了，和朋友见面后特别尴尬，请问该怎么办？针对这种烦恼，我强烈推荐“幂篱”给大家。幂篱原本是西域特有的装束，在北朝时传入中土。它主要由两部分组成——竹藤编织的宽檐帽和垂至脚踝的长皂纱。美人们出门时带上，倩影在纱中若隐若现，是名副其实的防偷窥利器。

高宗以后，大唐的女子越来越追求个性和美丽，裹一身黑纱还怎么展示漂亮的小裙子？所以我更喜爱武周时期大热的锥帽改良款，这款质地更轻薄，并且设计更简约，长度只到脖颈处。开元后，民风更加开放，美人们已无需幂篱遮挡，都能自信地走出门去，秀出靓丽妆容，这无疑是时代的进步。但幂篱本身还是很实用的，既能凸显神秘优雅的气质，又能持妆防风沙。如果你想和我一样，营造仙气的飘逸感，挑选稍长一点的款式也无妨。

插梳：
梳子只用来梳头？那你一定不懂大唐时尚

薛：常有姐妹问我，保持精致的秘诀是什么？答案用两个字就可以概括——插梳。人人都知道补妆的重要性，其实保持发髻的整洁也同样重要，在发髻越梳越高的我唐，梳子就成了靓丽 girl 的必备之物。“梳”即“梳篦”，由半月形的梳背和细细密密的梳齿共同组成。把梳篦插在发间，不仅能固定碎发，还能起到清洁作用，促进血液循环，护发养发，堪称秃头女孩的救星。

上次我去长安看秀，一位仕女姐姐告诉我，最近宫中流行一种名叫“百不知”的潮流妆扮，便是将各种琳琅钗环和步摇插满一头，搭配锦绣衣裙，立于风中，恍若神妃仙子。据说这种盛妆要在发间插满三组梳篦，沉是沉了点，不过这可是“美的重量”，难怪我男神元稹也在诗作《恨妆成》中特别推荐，说他心中女性装扮 NO.1 便是“满头行小梳，当面施圆靥”。

薛涛 XueTao

让郎君怦然心动的手作信笺

文/蒋见深

庭前一古桐，耸干入云中。枝迎南北鸟，叶送往来风。

这是我八岁那年，父亲薛郧在庭院中对着一棵梧桐发言吟诵时，我随口续成的一首诗。

自我尚且牙牙学语之时，父亲便时常抱着我，为我读书讲学。父亲对我这个女儿寄予厚望，他为我取名“涛”——“激逸势以前驱，乃鼓怒而作涛”。

是的，我姓薛，名涛。

我的父亲不仅没有轻视生为女儿身的我，更希望我能如激流波涛一般一往无前。

而我想，我也的确用一生诠释了他给予我的名字。

我生于京兆长安县，父亲薛郧因犯颜直谏遭贬，便带着我和母亲一同宦游入蜀。自此，我们一家便一直寓居蜀川。

在我十四岁那年，父亲在出使南诏的路上染病而亡，留下我和母亲，从此陷入了生活的窘境。原本也是大家闺秀的母亲扛起重担，日夜操劳，勉强将我养到了及笄之年。

女子十五及笄，母亲为我取字“洪度”，依旧像父亲当初对我的深切期望。

我喜欢翰墨诗书，自认有些才情，因此在蜀中也算小有名气，甚至成了一些文士之间的闲谈之资。

我和许多闺中小女不一样，我的名字就说明了所有。

贞元元年，我十六岁，遇见了韦皋。

韦皋奉命出镇西蜀，任剑南西川节度使。接风酒筵上可以少酒少菜，却少不得乐子。官员们喝了会儿酒，觉着无趣，于是就提出要叫来伶人歌妓来作陪，我就是那作陪中的一员。

那一年韦皋四十岁，世上大多的花繁柳绿他都已经见过，还有一个识于微时的妻子——上一任节度使张延赏的女儿。而我年方十六，才过及笄之年，认得些字、看过些书，自以为世上大多的人事道理我都在书中看了个透。即便彼时，我除却闺房中的半床书墨，几乎是一无所有。

我在酒席上见到了韦皋，四十载的岁月并未在他身上留下太多风霜痕迹，他身上有着文士的儒雅之气，却又不似寻常文人那般迂腐。他高傲不羁，像大多诗人笔下写的五陵少年，意气风发。

韦皋瞧见我，愣了一下，大抵是没想到来助宴的女伎会像我这般淡扫娥眉、不施脂粉地出现在众人眼前。

“薛涛。”坐在上座的西川节度使扬起下巴看向我，一字一句地念出了我的名字，不知是否也从这个“涛”字里读出了什么非凡的意味。

“听闻你工于诗赋，不知可是真的？”韦皋问我。

我淡淡地接下他的目光，也不谦虚，径自点了点头。

韦皋挑了一下眉，让我以眼前情景为题赋诗一首。

侍从为我取来笔墨，我坐在案边，眼睛扫过酒席上那一双双看向我的眼睛——满座文官才子，目光无不满含玩味。他们或是在等着瞧我这一介女流作诗的笑话，或是在欣赏面前一个美丽的“花瓶”。显然，在他们眼中，我只是一个取乐的对象。

可惜，我不是。他们或许要失望了。

我稍加思索，提起笔，在纸上写下了一首诗：

> 乱猿啼处访高唐，路入烟霞草木香。
> 山色未能忘宋玉，水声犹是哭襄王。
> 朝朝夜夜阳台下，为雨为云楚国亡。
> 惆怅庙前多少柳，春来空斗画眉长。

韦皋就坐在我身边，我一边写诗，一边在余光里瞥见他唇角的笑容愈来愈深。我落下最后一笔后，他拿起纸，在一众宾客面前一字一句地念出了这首诗。

满座寂然无声，都在等这位新任节度使生气地发落我。过了一会儿，我却在阒寂中听见韦皋朗声大笑。

他说这满座人臣竟然尚且不及一个小女儿家忧国恤民，还夸我一手行书写得颇妙，笔力峻激刚劲，倒有几分王羲之的风骨。

当日，我留在了节度使宅中。自此我便入了乐籍，以韦皋帐下营伎的身份出入幕府。

韦皋之于我，比起“主人”或是“情人”，更像是我的父兄一般。他对我处处体贴照料，宠爱颇加，还带着我参加各种上流宴会。他让这样一个原本应当被锁在闺阁里的金丝雀游走在更广阔的天地，见识更丰富的人事。

很多年以后，当华丽盛大的大唐舞台倾塌，也仍有士人记着此刻舞台上犹如初绽鲜花一般的女人。她就像璀璨群星中的月亮一样，为众人所追捧。

那是我，长河里的一朵浪涛。

彼时我在有限的天地里挥发着自己无限的风华青春与天赋才情，我受着西川节度使的宠爱，也受着蜀川万千士女的倾慕，有不谙世事的资本，也享受着复杂的人际交游为我带来的荣华。

我初入幕府的头一年，南越向韦皋进献了一只孔雀。那只彩羽孔雀即便是被困在囚笼中，也总是高昂着头。我看着心生欢喜，便让韦皋在使宅开出一片清池，作为它的栖居之地，韦皋也就不假思索地应下了。

于是这只孔雀便因着绚丽的羽毛为人所爱，就此被锁在了西川使宅中数十载。

四年来，我在韦皋的庇护下衣食无忧，不仅能够专心于诗赋创作，甚至还得他应允，于幕府中做起了文案工作，成了西川节度使的知名“门面”。

十六岁到二十一岁，原本与我一样的无知少女纷纷嫁为少妇。我却不必那样着急，我有足够的时间、才华和宠爱，像我在诗文中描写的那些自矜韶华的少年人一样，纵情挥霍，活得恣肆任性。

那一首《谒巫山庙》是我与韦皋相识相知的红线，人们总说伶人女子惑君祸国，可我偏要在酒筵上，嘲笑那些衣冠楚楚的人臣，嘲笑他们一心做着云雨巫山神女梦。一向亡国不是红颜，而是借红颜之名沉溺一己私欲的君王。

韦皋会因这一首诗看重我，我自然而然也就认定了他是爱我那般敢于直言的性子与才气，于是便更加恃宠而骄，性情愈发地张扬。

韦皋是剑南西川节度使，有勇有谋，忠义无双，坊间甚至有传言说他其实是诸葛武侯的转世。每每有名士官员来到蜀川，总是要先来拜访他，或是求他办事，或是趋名逐利。使宅的大门并不好进，于是他们的目光便转向了我这个幕府“门面”。

不知从何时起，我开始不断地收到各路人送来的金银财礼，只为托我捎话向韦皋求见。我享受这种被旁人看重的感觉，于是便来者不拒，旁人送什么我都敢收下——但我也不为财，事后都会将收到的贿赂上缴府库。

这些俗事我懒得与韦皋说，韦皋似乎也多多少少知道一些，提点过我几句，但从未责备过我。他睁一只眼闭一只眼地纵容了我的虚荣。

可纵容是有限度的，就像懵懂天真的少年时光也有尽头。

贞元五年，韦皋一语说我受贿，将我罚去松州思过。也许是因为我终于因这份虚荣惹下了大麻烦，也许是因为那年韦皋因频繁战事忧心，失了一向惯着我的耐性，无论如何，这一次韦皋真的动了怒。

安史之乱后，松州便为吐蕃所占据，那是边陲之地，与人物繁盛的成都相比形同云泥。罚赴边陲的路上，我望着满眼的荒山绝岭，在父亲过世的数年后，第二次尝到了惊慌恐惧的滋味。

于是我提笔写下两首诗。

“重光万里应相照，目断云霄信不传。”这一去，远隔着千里万里，便是书信也传不到他手边了。

我还说：“但得放儿归舍去，山水屏风永不看。”我已决意，若是能得他宽宥，便再也不似从前那般张扬虚荣了。

然而这一次韦皋却没有像从前一样，再作诗与我唱和。

我想，波涛是否要沉没在浪潮中了？

初离成都时，我还是心存侥幸——我素来深受韦皋的宠爱，这许多年的情分令他始终对我的那些过错视而不见。这一次，难道就没有回旋的余地了吗？

可当我看到萧疏的边陲，在腊月的苦寒里听着陌生的军鼓号角呜咽着嚎叫，恐惧究竟是吞没了我心底的侥幸。绝望像是边地的野草枯枝一样梗在我的前路上，我痛苦万分，踌躇郁结，到底是低下了一向高傲的头颅。

这一次，我提笔向韦皋献上了十首诗：《犬离主》《笔离手》《马离厩》《鹦鹉离笼》《燕离巢》《珠离掌》《鱼离池》《鹰离臂》《竹离亭》《镜离台》。

我将自己比喻成那些离开了“主人”的事物，姿态卑下地向韦皋吐露自己的思念与悔恨。有的人看着觉得动情，可我觉得我是可悲的——那个从来天真任性的少女，随着这十首诗就此死在了松州。

不知韦皋是哪一者，总之，在他看见这《十离诗》后，终究宽恕了我，下令将我召回。

漫长的路上有漫长的月亮，我抬首仰望，眼中是漫长的空白。此时回到蜀中的我，还是从前那个我吗？

我没有再回幕府，而是就这么顺势脱了乐籍，离开了韦皋。

一场惩罚思过之行，令我从韦皋为我造了四年的美梦里醒了过来。我忽然明白了，韦皋虽然宠我爱我，但说到底，这段感情的掌控权是在他手中的。我就像是宅池边的那只孔雀一样，人们爱惜它美丽的羽毛，赞颂它高昂的头颅，但假使有朝一日它逾矩了，人们也随时可以折断它的羽翼，弃之如敝履。

而这些年我得到那样多的追捧与爱慕，其中虽也少不了才华与容貌之故，但更多的，其实都是来自于韦皋的宠爱。

仰人鼻息，寄人篱下，我所获得一切，其实都不属于我。

我想要离开幕府，韦皋也没有再挽留我，他慷慨地替我脱了乐籍，还了我一个自由身。

按大唐法典《唐律疏议》里说，“奴婢贱人，律比畜产”。似我这般女子入了乐籍，成了贱民，原本就是与牲畜财物同等的“物品”，想要脱身应当是极难的，可韦皋就这样轻易放过了我。

或许他对我也有一丝的愧疚吗？毕竟他一怒之下就舍了多年情意，不留情面地将我发配边陲。

又或者他只是厌倦了我，不想让我再留在他身边继续惹是生非。

没有人清楚韦皋的心思，我也没有问。

脱了乐籍之后，我退出了蜀川的名媛圈子，搬到了浣花溪隐居。好在离开了幕府之后，也依旧有故人因着我的才名与我交游往来，生活倒也不至于寂寞无聊。

二十年间，我在浣花溪过着种花写诗的平淡日子，与那些幕府旧人往来唱和，声誉反倒益发隆盛；而另一边，韦皋屡建军功、震服蛮诏，十路伐蕃、晋爵郡王——与我仿佛两条存在于一张纸上却无法相交的平行线。

韦皋的官爵一路晋升，帐下却没再出现过什么像样的美人。只是在我离开幕府十多年后，在他的某次寿宴上，东川为他献上了一名叫做“玉箫”的歌姬。这位歌姬与他少年时候恋人的名字与模样都如出一辙，他便将之纳作了妾室。

贞元二十一年秋，韦皋急病暴卒。新皇为之辍朝五日，追赠太师，谥号“忠武”——真与诸葛孔明的谥号一般。

“危身奉上曰忠，险不辞难、克定祸乱曰武”，忠武，算是对他生前所作所为的最高赞誉。他便以这样的方式，在史书上留下了一笔浓墨。

当然，那浓墨只书他的忠义肝胆，却不会写他不知深浅几何的肺腑柔情。

我从未问过韦皋一句他是否真心爱我，他便带着这个问题的答案走了。

我生在官宦家庭，长在书墨香里，父亲离世后的两年里，因为有母亲的庇护也没有尝到过什么苦楚。再后来我又遇上了韦皋，受着他的宠爱，无忧无虑又恣肆张扬地度过了一段少年时光。

唯一一点点苦，滋味还没尝明白，就被他收走了。

其实我很清楚，真正的营伎生活不会似我过得那样轻松，那些女子是真正地被视作“畜产”的所属物，生死也往往只在一念之间。

可我闯了祸，韦皋一气之下也只是罚我去边陲思过罢了。

但说不定一切结束在那时才是最好的，毕竟我自己也无法确定，倘若我依旧只是倚靠韦皋而活，又会获得一个怎样的结局?

也许遗憾会令爱情更美，就像真正的画师不会以填满画纸为创作目标，恰当的留白才能彰显情感的张力。

自韦皋去世，我又仿佛离了笼的鸟雀一般，重新在蜀川的政治舞台上游走了起来。

元和二年，武元衡入蜀任节度使，那是传言中的大唐第一美男子，也是文采出众的诗人，还是武后的曾侄孙。我慕其文采嘉名，为之献诗，武元衡也对我颇加礼遇。

也不知是不是武氏的家风如此，武元衡甚至为我上书请了校书郎之职，尽管最后被驳回，但也令我得了一个“女校书”的称号。武元衡的好友王建还曾为我赋诗一首，言道“万里桥边女校书，琵琶花里闭门居”。

离了韦皋，我的生活原来也能疏朗恣肆。

元和四年三月，幕府旧人严绶遣人传信，要我去一趟梓州。我匆匆赶去，而后遇见了时任东川监察御史的元稹。我早在那些文人好友口中知晓他的名号，但这是我初次见到他本人。

彼时元稹不过三十而立，而我则已经四十有余。

我受命侍奉元稹，起初我只将他当作是寻常文人看待，但元稹却是待我颇为关切。他喜欢用诗文来传达心意，我也与他多有诗文唱和，久而久之，比元稹多见识了十年人事变迁的我，也渐渐在他的文字中感受到了他的才华与温柔。

元稹与韦皋是不同的——韦皋是忠武名臣，桀骜不驯，而元稹是一个彻头彻尾的文人，他有着一颗多情而柔软的心，慢慢捂化了冰封在我心上的那座囚牢。

七月，元稹移务洛阳，我又回到了浣花溪故居。孤枕寒衾，我开始不可抑制地思念他。四个月的短暂相处，不可否认，我再次动心了。

我知道这是一场没有结果的爱恋，但那又如何，我原本也不是追求结果的人。

翌年二月，元稹被贬江陵府参军，我望着去年门前新栽的菖蒲花，心中不禁慨叹万分。当即写下了两首诗寄予元稹："扰弱新蒲叶又齐，春深花发塞前溪。"

那菖蒲是不惧疾风的劲草，我希望元稹也能如此。

我从来不想藏着自己的心思，后来我给元稹寄诗，用的总是浣花溪的红笺—— 一张赤笺，一片痴心。

只是那红笺实在太大，用来寄诗委实不便，于是我就让工匠替我将纸张裁成了小幅信笺，以便使用。后来我也习惯了用那些深红小笺寄诗遣怀，旁人见了那鲜灼可爱的小笺也十分喜爱，遂将其取名为"薛涛笺"。

那几年里，我寄给元稹的诗不知几何，元稹也偶有回信，只是不多。

再后来，元稹的妻子韦氏去世，他又续娶了出身士族的裴淑。

若说我从未想过向他讨要一个身份，那未免太过虚伪。毕竟在韦氏去世、元稹贬谪江陵时，我写给他的那两首诗里也曾与他以夫妻自况。

但我一直都很明白，这段感情不会善终。

门不当户不对，我又大了元稹十一岁……而我也早该知道，元稹多情而不专情——他会为了高门韦氏放弃崔莺莺，又怎么可能为了入过乐籍的我，罔顾世俗目光？

何况我也不愿再仰人鼻息，将自己的感情与人生交给旁人来抉择。

我寄诗笺给元稹，想来也不过是情不自禁，想要将内心的感情告诉他罢了，而不是想要取悦于他。

这份情感是属于我自己的，爱与不爱，皆只在我一人而已。

时间与距离最后终于还是冲淡了感情，失去元稹消息的数年后，我离开了浣花溪。我在碧鸡坊筑起了一座吟诗楼，褪去绮罗翠饰，入道出家。

太和五年秋，剑南西川节度使宅院里那只总是高昂着脑袋的孔雀死了。

文人们纷纷为它伤怀赋诗，他们说那只羁留一生的孔雀“憔悴不飞去”，是因为“重君池上心”，说它“多时人养不解飞，海山风黑何处归”。

我却没有让那只孔雀飞入我的诗笺之中。

吟诗楼上，我望着满目斜阳在天地间铺开一片赤红，那是我最爱的颜色，如同肺腑间滚烫的鲜血一般炽灼热烈。我坐在案前提起笔，沉吟良久，最后只在裁好的白色纸笺上写下了一句我幼年时随口应和父亲的诗句。

纸笺染上余晖，我在一片深红中落下笔墨，上面用刚劲的行书写着：“枝迎南北鸟，叶送往来风。”

这幼年时有口无心的一句诗，几乎写尽了我的一生。

世人说我一语成谶，“迎来送往”是女伎逢迎之姿态。可那独立红尘中，静观往来离合的树，哪里知道什么逢迎媚态？

展翅高飞的鸟，或是无心飘拂的风，都只是它生命中的一个过客，它不过是一棵经风披霜也不曾改的树罢了。

而父亲给予我的名字，终究也成真了，我和这世上大多数的女子都不一样，她们是水，而我则是波涛。

我没有像父亲期盼的那样急流怒号，但我想，我已足够了。

太和六年夏，薛涛离开了人世。

她就像是湮没于时间大潮里的一朵细浪，即便没在那无垠的沙滩上留下多么深刻的痕迹，却也曾一往无前地逐风而舞，张扬恣意地活过。

薛涛笺，又名“浣花笺”，乃薛涛退隐成都西郊浣花溪后，命工匠特为她裁制的小幅诗笺。

浣花溪多造纸坊，而当时工坊所售纸张纸幅颇大，不便用以题诗寄信，薛涛便着意造纸工匠裁剪纸张为小笺。又因她性喜红色，遂采蜀中红笺创深红小笺。

薛涛笺因色彩鲜丽，小巧便携，又受了她本人才的名影响，颇为时人所爱，及至后世乾隆时仍有仿制者。

安乐公主

（约公元685年—公元710年）

职业

公主，高奢品代言人，
大唐第一美妆主播

ID

@韦后指定皇太女

个性签名

越高贵越美丽，
我让奢靡变浪漫

文/半姜

AnLeGongZhu

单刀半翻髻：
高贵又婉转，尊贵身份的绝佳象征

安乐：本公主是当朝最尊贵的公主，自然要梳最尊贵的发型。什么？你问如何才算最尊贵？那当然是高——高得无人能比，高得人人都来仰视。

本公主最爱的便是单刀半翻髻。这是一款异常华贵的高髻，需要在高高的发髻顶端做出微微向下的形状，整体造型就像一把大刀，兼具高贵与婉转的双重特质，自然很适合本公主的身份。

有的姐妹担心发量不够，没法做出高耸入云的造型。别怕，有了义髻，秃头女孩们也能随时玩转各种发型。传统的义髻要么是木质的，要么是纸质的。如果预算充足，我推荐购入一款由铁丝和头发编织而成的义髻。把这样的义髻固定在头顶，再在上面插上本公主最爱的珠宝玉钗，足以以假乱真，美丽无懈可击！

酒晕妆：恰似一抹动人的烟霞

安乐：有了富丽的发型，自然也要有富丽的面妆。有的粉丝问我，化妆时没控制好手上的力道，粉抹多了，结果面容惨白，这还有救吗？不用担心，追求面白没有错，一白遮百丑，白是我大唐靓女们永恒的追求。如果担心面色过白，可以取较多量的胭脂在手心调匀，然后大面积地搓在两颊，瞬间提升肤色通透感，打造好气色，厚重的底妆也能重新焕发动人生机。

"一抹浓红绕脸斜，妆成不语独攀花。"被细细搓开的胭脂远看像一抹落日烟霞，近看又似两片醉酒红晕，浪漫又慵懒，怎能让人不心动？

百鸟裙：告别皮草！贵族潮女更爱高定羽衣

安乐：近日听粉丝说，在街上看到了号称“安乐公主同款”的百鸟裙？本公主在此严正声明，全球限量两件的百鸟裙全在我的衣柜里。街上出现的同款都是山寨货，大家可不要被骗了啊。

分辨正品和山寨货的方法也很简单。山寨货手感廉价，原料都是人造羽毛和工业亮片。我的百鸟裙，可是父皇指派官兵去岭南捕杀成百上千只鸟，而后取用真实的鸟羽编织成的。什么？你说这裙子不环保？被本公主穿在身上，可是那些鸟的荣幸！

另一个识别正品的办法更直观。我的百鸟裙，不管是从正面看还是侧面看，不管是在太阳下看还是在阴影里看，都能显示出不同的颜色，整条裙子如同百鸟出林、竞相争艳。本公主穿上它，就是名副其实的“百鸟之王”！

安乐公主

AnLeGongZhu

石榴裙已out，今夏百鸟裙正当道！

文 / 南方赤火

一

“大家好！这就是我上次直播时提到的裙子，家里的裁缝刚刚做好，来给大家先睹为快！怎么样，漂亮不漂亮？”

直播镜头里的主播涂着时尚的红妆，光彩照人，艳如桃李。但是和她身上穿的裙子一比，再明艳的美女都显得黯然失色。

直播间里，观众们发出整齐的一声“哇——”

只见屏幕里的及地长裙，色泽鲜艳而不媚俗，质感挺拔而不僵硬，竟是由无数流光溢彩的羽毛织成。随着主播转动身体，裙子在光线下显出多彩的色泽，其间还闪着亮亮的金色，美不胜收。

主播欣赏够了观众们的艳羡，这才慢吞吞地来到麦克风前，告诉大家：“这裙子没卖的，全大唐独一份。是我求着父皇，拔光了御苑里所有鸟儿的尾巴毛，让少府的工匠忙了三个月才制成的。今天不带货，就想显摆一下。”

屏幕那头的观众们啧啧称赞，“白富美”“天之娇女”“仙女姐姐”的弹幕刷满屏。

但也有少数不和谐的声音：“主播和皇上滥用职权，穷奢极侈，实在有碍皇室人员的名声，应当反省。”

主播对此嗤之以鼻，骄纵地冲到摄像头前，冷笑道：“我安乐公主想做的事还没有做不到的，也不容尔等屁民置喙！全天下都是我李家的，你们问我之前，先问问自己今年的税交齐了没！”

刺耳的评论被万众声讨。美女虽然有脾气，毕竟是金枝玉叶，天然占据舆论优势。

评论区的声音终于和谐。安乐公主捧着那件价值千金的百鸟裙，露出了满意的笑容。

第二天，#今夏百鸟裙当道#的热搜刷遍长安，百官百姓争相仿制，漫山遍野搜寻奇珍异兽，造成了严重的生态灾难。

虽然古代没有网络，但大唐人民对于潮流的追捧不亚于现代网民。唐朝民风开放，女性地位高，在社会上露面的机会也多。那些宫廷里的传奇美女、才女、乃至女官和女皇，纷纷成为了万众瞩目的时尚弄潮儿。而潮流传播的速度，也让令人叹为观止。

女皇武则天已经去世，当今圣上是她的儿子李显。安乐公主就是备受李显宠爱的小女儿，据说她的生活极其奢靡铺张，身上的衣服一年不重样，梳妆台上一盒胭脂就是中产百姓之家半年的收入。她理所当然地成为了网红界的代表人物。

如果那时候有网络，那么本文开头的那一次直播，就是安乐公主典型的一天。

但很多人不知道，安乐公主并非生来就是无忧无虑的娇娇女。她的童年甚至充满了黑暗和辛酸。

二

安乐公主的父亲李显，是武则天的儿子。

女皇的儿子不好当。李显从小就生活在母亲的控制当中。娶谁为妻、封到何地、改换何名，乃至是被封为太子还是被废为庶人……这些都要看武则天的意思。

最后唐高宗去世，李显折腾来折腾去终于继位，成为唐中宗。

李显虽然当了皇帝，朝政大权依然被武则天把持在手里。后来李显由于试图染指更多的权力，被武则天给废了。

原先当太子时虽然提心吊胆，至少锦衣玉食；现在成了废帝，李显的地位一落千丈，惶惶如丧家之犬，颠沛流离，担惊受怕。

怕到什么程度呢？每次朝廷里派人来说个事，传个话，李显都觉得是老妈来要自己的命，都吓得想自杀。

安乐公主就是这时候出生的。据说她生出来以后连多余的衣服都没有，还是李显脱下自己的衣服来包住的，因此把她取名为“李裹儿”。

这个在疑虑和阴暗中长大的小女孩，生得早熟聪慧、秀丽非凡，被她的祖母武则天所喜爱，养在了宫中。

但是毋庸置疑，她并不会从此过上跟祖母天伦之乐的日子。她见多了祖母对父亲的各种迫害，也熟知女皇的心狠手辣。在宫中成长的时光，只会让她更加小心谨慎、如履薄冰。

这样的日子一直持续到她二十岁。武则天因神龙政变而倒台，她的父亲李显复辟了。

生活终于苦尽甘来。

也许是为了补偿和自己同患难的家人，李显将安乐公主的母亲韦氏封为皇后，把这个命运多舛的小女儿封为安乐公主，大为风光了一把。

李裹儿成为了大唐第一受宠的公主。她开始疯狂弥补自己失去的童年。

锦衣华服买买买，豪宅花园造造造，别人有什么好东西，她一定要得到更好的。

她的祖先们给她留下了一个繁盛的帝国。当年“贞观之治”提倡节俭的风气早就过时。浮华的泡沫将人心托得比天高。皇亲贵族们都争相挥霍祖宗的老本，仿佛稍微寒酸一点就不配站在世界之巅。

在这种崇尚奢靡的风气之下，安乐公主的所作所为，顶多算是“有点过分”而已。

三

“今天给大家介绍一组新的妆容，叫做‘酒晕妆’。这个妆呢比较浓，适合宫廷舞会的场合，保证能让你成为全场闪耀的明星。最近这个妆容在宫里很流行，我来给大家示范一下……”

直播间里，安乐公主又开始了引领潮流的一天。

只见她铺开梳妆台，熟练地开始敷铅粉、抹胭脂、描眉毛、贴花钿……

观众们一如既往地发出此起彼伏的赞叹声：“美美美！”

大家热烈地讨论着胭脂的色号和价格。

贵族女性的梳妆台上，每一个不起眼的小盒子，也许都价值一户中产百姓的全部家当。

安乐公主沉浸在网友们的彩虹吹捧里，笑靥如花，不可自拔。

忽然，不和谐的声音又响起来了。

“摆拍的吧。今年关内大饥，皇家哪来这么多闲钱？”

听到有人质疑自己化妆间的含金量，安乐公主大怒，一把将描唇的笔丢到旁边的侍女身上，唇笔瞬间碎成几段。

连皇帝父亲都要让她三分，她高傲的自尊心容不得一点质疑。

“瞧不起我？来来，就让尔等见识一下本公主的豪宅。”

她喝令侍女们躲开，让摄像头对准化妆间里层层叠叠的柜子架子，开始带着网友们云看房。

大唐网友们的世界观被刷新了。

贡品级别的胭脂螺黛堆积成山，价值千金的珠宝被随处乱丢，房间里处处可见金银挂饰，珍贵的瓷器和玉石摆件不要钱似的堆在各个角落。

直播画面一转，安乐公主骄傲的声音传来："走，看看本公主的衣帽间。"

衣帽间里箱笼堆成山，装满了普通人几辈子也穿不完的华服。安乐公主随意打开一个箱子，上次直播时显摆过的百鸟裙赫然在内。而且有两条！

观众的反应，从惊叹到羡慕，最后纷纷无声了。

有人小声说："那裙子上缀的金片就够我吃一辈子的……"

还有人阴魂不散地提："今年关内大饥……"

安乐公主冷哼了一声。

"关内饥不饥关我什么事？父皇敢管我，我让母后撕了他！"

观众们听到如此大逆不道的宣言，纷纷缄默四顾，装没听见。

确实。安乐公主的母后韦氏，可比她父皇厉害多了。

当了皇帝的李显并没有因此而改变自己懦弱的性格。经历了无数磨难之后，他的意志早就被磨得遍体鳞伤。他常年生活在女皇的威压之下，也没什么机会磨炼治国才能。当初众臣推翻武则天，拥立他"复辟"，纯粹是因为他李家人的身份。

在他落难之时，韦氏陪伴在他身边，为他出谋划策。他习惯了依赖这个女人。处理国家大事时，他总要回去跟韦皇后商量商量。

韦皇后对丈夫的态度渐渐从仰望改为平视，从平视变成轻蔑。甚至，她忍不住暗自对比年轻时的武则天——武皇的权力之路，不也是从"帮助无能的丈夫处理公务"开始的吗？

韦皇后的心，渐渐飘了。

有其母必有其女。这点心思自然也感染了安乐公主。母女俩一起不把皇帝放在眼里。

出于疼爱，出于软弱，安乐公主再怎么作，她的皇帝爹也不予置喙。

安乐公主带着网友们云看了一圈房，把自己豪华的府邸逛了个遍。其中诸多奇巧用具，土包子网友根本看不懂是做什么的。很多东西都是大唐独一份，别人就算再有钱也搞不到。

全部看下来只有一个字：壕。

当然，也有杠精网友煞风景。

“壕是壕，不过不如临川公主的旧府第低调奢华。我去年元宵的时候蹭了个请柬去那里吃席，被彻底震撼了。”

这条留言一闪即过，可是安乐公主注意到了。

临川公主是唐太宗之女，算起来是安乐公主的姑祖母，现在早已去世了。她的府第当然更加古朴有内涵。

顺便说一句，杜甫是临川公主的外孙，不过此时还没出生。

安乐公主盯着这条弹幕，铁青着脸沉默许久，然后突然起身，把梳妆台上的瓶瓶罐罐全拂到地上。

四

安乐公主强占临川公主旧府，临川公主后人哭诉无门

临川公主府周围民房遭强拆

安乐公主誓打造长安第一豪宅

几天以后，热搜传遍长安城。

就连不上网（不追赶潮流）的长安百姓也知晓了。白发苍苍的老人们摇头感慨：“临川公主是好人呐，好人没好报。”

安乐公主得到了更精美的豪宅，将长安城所有其他王子皇孙都比了下去，终于心满意足。

豪宅要配豪苑。长安城内有昆明池，是汉武帝时开凿的湖泊。她喜爱池畔风景，向父皇索取整个池子。但祖宗成例，昆明池属于公家，不得成为私产，因此皇帝没同意。

于是安乐公主自行强夺民田，开凿了一个大池，为其取名为定昆池。她又让人移植了奇花异草在定昆池边，以玉石为岸，珊瑚为底；飞阁步檐，斜桥磴道，如同仙境。这样一番折腾，总算把原版的昆明池比了下去。

有人在笑，有人在哭。当安乐公主在新的定昆池中享乐的同时，被抢占田宅的百姓沦落街头，食不果腹。

他们找到了临川公主的几个儿女，通过左台侍御史袁从一，去向皇上讨说法。

“民意沸腾，再这样纵容下去，安乐公主怕是要毁了大唐基柱啊！圣人一句话，臣就去拘了她！” 袁从一语重心长地说。

但是皇帝李显踟蹰了半天，还是说：“朕去跟皇后商量一下。”

来到后宫，韦皇后正在和武三思饮酒调笑。

武三思这人很有意思。他是武则天的侄子，非常善于逢迎，在武皇当权的时候曾经被考虑为皇太子人选，但最终武则天还是把皇位传给了亲儿子李显。按理说武三思和李显应该是竞争对手的关系，但他跟李显走得很近，武则天倒台之后依旧权倾朝野。

他的儿子武崇训，年纪轻轻就是风流一枝花，在宫中偷香窃玉，大小通吃，无往不利。

大唐的公主们活得自由自在，不懂什么叫女德规训。安乐公主和这个武崇训堂堂正正地早恋，接着未婚先孕，然后风光大婚。

所以武三思和韦后也算是儿女亲家，时常你来我宫里、我去你府里地串门唠嗑。

唠着唠着，这两个人就唠到床上去了。他们毫不避讳，调笑戏谑，对饮亲狎，无所不为。

李显也许是眼昏耳聩，也许是觉得当年亏待了老婆，此时不如睁一只眼闭一只眼算了。总之，他这绿帽带得舒舒服服，跟武三思称兄道弟，处得十分融洽。

这会子李显看到韦后和武三思在并肩喝酒，十分高兴，凑上去也喝了一杯，这才借着酒意跟韦后说正事。

“话说啊……皇后，有件事，朕想和你商量一下。那个……裹儿这孩子好像有点……骄纵，欺负百姓什么的，咱们要不要……管管啊？”

韦后见烦了老公这副窝囊样，不耐烦道：“咱们的女儿是天下最尊贵的公主，什么事做不得？哪些刁民告她的状，你还不快去治罪！耽搁什么！”

武三思也跟着顺水推舟：“这种小事也要惊动圣驾，我看朝里人真是闲得没事干了。”

李显一想，是啊，挺有道理。

于是就把这事搁一边了。百姓被赶走，临川公主那边的苦主也随便被一点钱打发掉。

有母后撑腰，安乐公主愈发膨胀。她骄恣专横，无所不为，热搜天天上，谁也奈何她不得。

比如：

安乐公主自请封为皇太女，重俊太子对此不予置评

安乐公主掳平民为奴婢充实府邸，民怨沸腾

安乐公主与长宁公主进行豪宅竞赛，数百户居民遭强拆

安乐公主造百宝香炉耗尽国库内藏

……

结果，安乐公主非但没有受到任何国法惩戒，反而攒了越来越多的钱，也有了越来越大的权力。她的直播粉丝越来越多，人人争相为她执鞭坠镫，期待飞黄腾达。

一个二十出头的青春少女，在这种不受控制的纵容之下，变得愈发飘飘然。

有人说，权力是最好的“春药”。这句话适用于男人，也适用于女人。

网友们发现，她的直播间里渐渐出现了面目陌生的小鲜肉——并非她的正牌老公武崇训——跟她打情骂俏，神态亲密。

网友们迅速八卦，发现此人是武崇训的堂兄弟武延秀。此人相貌俊美，精通歌舞，放到现代也是个粉丝百万的偶像小生，自然入了安乐公主的法眼。两人的绯闻迅速发酵。

而武崇训也表现出和他岳丈李显一脉相承的忍耐能力：头顶的绿帽挺舒服的，管他呢。

网友们还发现，安乐公主的直播节目里，除了带货美妆服饰，也开始引进了一些别样的广告。

“公主我开府做副业啦！从今日起，凡是打赏超过三十万钱的粉丝，一律可以授刺史之职！来来来，大家都来尝尝当官的滋味！没有三十万钱也无妨，可以买个稍小的官，这是价目表……”

众网友：？？？

这不是公然卖官鬻爵吗？

安乐公主受不得别人质疑的目光，生气道：“别不信啊！我父皇疼我，什么要求都会答应的！”

有那不差钱的土豪，试探着打了三十万钱过去，报了自己的名字。

“公主公主，俺是开酒楼的，虽然有点小钱，但身份低微，也能当官吗？”

安乐公主妩媚一笑：“看我的。”

她当着全国网友的面，提笔拟了张诏书，把那开酒楼的封为高官，然后举着手机，一路穿过走廊宫殿，来到了李显的书房。

“父皇父皇，帮我签个名嘛！”

李显一看到活泼美貌的小女儿过来，心就酥了，带着老父亲的纯真笑容问：“什么诏书呀？拿来给朕看看。”

安乐公主一噘嘴：“就不告诉你！”

说着一手蒙上诏书的内容，一手抓着李显手中的笔，撒娇撒痴：“签嘛签嘛！”

李显被女儿捉弄，笑得合不拢嘴，一点没有皇帝的威严。

“唉小家伙，真拿你没办法。”

然后他随便一挥笔，签了。

安乐公主得意一笑：“谢谢父皇！”然后，她蹦蹦跳跳地挥着诏书走了。

全国网友都惊呆了！

短暂的沉默过后，打赏页面狂闪，一笔笔巨款争先恐后地砸来。

“公主公主，俺也要当官！”

五

常在河边走哪有不湿鞋。安乐公主得罪的人多了，自然有那不信命的。

前面说了，她娘韦后日日跟在李显身后垂帘听政，梦想成为武则天。

而她的梦想，是超越太平公主，等母亲成为女皇之后，自己也捞个皇帝当当。

不得不说，如此大胆创新的美梦，也只有唐代的女性做得出来。

安乐公主的方法简单粗暴：请父亲将自己封为皇太女。

李显虽然无能，虽然溺爱女儿，但在这件事上也不是全然没有智商。

就算他闭着眼睛写圣旨，朝里有的是清醒的大臣，他们也不干呐！

后武则天时代，人们对“牝鸡司晨”这种事充满防御性的警惕。

况且，安乐公主虽然地位尊贵，但天天泡在美妆华服小鲜肉中间，政治能力实在不敢恭维。有武则天、上官婉儿、太平公主等弄权高手们珠玉在前，就算大家不介意女子继承大统，安乐公主也不是个合格的继承人。

有人要问了，毕竟她哥是太子啊。安乐公主这么闹，置太子于何地？

安乐公主还真不把太子放在眼里。

因为太子李重俊是庶出，并非韦皇后亲生。

韦后唯一的儿子因为得罪了武则天，已经被赐死了。要不然太子的位置也落不到李重俊身上。

骄纵尊贵的安乐公主对这个庶出哥哥是百般看不起，时常在公开场合对他凌辱羞辱、嘲笑讥讽，呼他为“奴”。

兔子急了也咬人。李重俊被排挤得急了眼，也怕这个妹妹真的抢了自己的太子之位，于是联络了兵部尚书和一些武将，打算造反。

他先是闯入了武三思府邸，杀死了武三思、武崇训父子，然后冲入皇宫，打算干掉韦后和安乐公主。

他闯到了玄武门，离胜利一步之遥。但是他的军事才干，可远远比不上当年的李世民。

李显在韦后的鼓励之下，向李重俊的兵士喊话，许以高官厚禄，让他们归顺。这些士兵本来也不知道自己为何而战，当即欢欢喜喜地倒戈了。

李重俊仓皇逃出长安城。

李重俊最终兵败被杀。安乐公主逃过一劫，却丝毫没有接受此次的教训。骄奢淫逸一如既往。

卖官鬻爵越玩越大，宰相以下，多出其门。

老公死了，她顺势改嫁给了偶像小生武延秀，继续夜夜笙歌。

这一年端午，她邀请公主嫔妃、宗亲子弟们来到自己的仙境园林斗草。

唐风民俗，端午之际斗百草。在出游踏青之时，人们会采摘奇花异草互相比赛，以新奇或品种多者为胜。

当然，在这些富贵闲人之中，比试的内容早已不限于花草。宾客们大显神通，显摆出自己最珍贵的宝贝。

有人拿出了稀奇的珊瑚树，有人摆出了羊脂玉雕琢的牡丹，有人拿出了巨大的塞外人参，有人抬来了从吐蕃挖来的雪莲。

一山更有一山高。在满园的珠光宝气当中，再昂贵的珠宝也显得平平无奇。

众宾客不约而同地看向了安乐公主。这个心比天高、从来不甘居人下的刁蛮公主，会拿出什么样的宝贝来呢?

安乐公主胸有成竹，令仆人端出一个精美的盒子，里面赫然是一把又黑又长的胡须。

在众人犯愣的当口，安乐公主笑盈盈地介绍："这是南朝大诗人谢灵运的胡子！"

谢灵运是个美髯公，也信佛。临刑前，他决定把自己的一把长须施舍给广州祇洹寺，用作寺中佛像的胡须。

这胡须在佛像上粘了三百多年，成为镇寺之宝。如今，安乐公主派人千里迢迢去祇洹寺把这胡子割了下来。为了避免其他人得到这件宝贝，她派去的人顺便又把剩下的胡须都毁了。

宾客们纷纷惊叹，不光是因为这一束胡子过于珍贵，更是对安乐公主的好胜心甘拜下风。

谢灵运：我得罪谁了？

六

后世人有言，上帝要使人灭亡，必先令其疯狂。

安乐公主和她母亲的种种疯狂举动，放在别的历朝历代，早就被杀头无数次了。也就是摊上这么一个开放宽容的大唐，还有一个纵容溺爱的老父亲，才能让她平安地继续炫富。

过分的顺遂让安乐公主滋生了一种错觉：自己的一生，注定始终如此灿烂。

直到她二十五岁那年，李显去世了。

举国哀悼。

然而，在发达的网络（小道消息）助力下，一则秘闻逐渐发酵。

中宗皇帝疑被韦氏母女毒死！

这则八卦很有传播的土壤。随着韦后和安乐公主的权力胃口越来越大，李显不可能一直纵容下去，逐渐开始对韦后势力反感。另一边，韦后的一堆情人们担心和皇后私通的事情败露，韦后想当皇帝，安乐公主想当皇太女……各方势力一拍即合，都觉得除掉皇帝是最佳的选择。

于是，李显暴卒。朝政尽落韦氏之手。

从小疼爱她的父亲死了，安乐公主沉浸在“当皇太女”的梦想之中，并没有觉得太悲伤。

她甚至在宫中，在自己奢华璀璨的卧室里，开了又一场直播。

“集美（姐妹）们，好久不见！大家想不想我？”

弹幕中的粉丝们并没有像以前那样蜂拥而至拍马屁，而是狐疑地抛出了一个又一个的问题。

“公主公主，先皇暴卒到底是怎么回事啊？”

“公主你不戴孝吗？”

“听说韦太后打算自立为帝，公主你是什么态度？”

安乐公主不耐地说：“今天直播美妆，无关话题免谈。”

夜幕落下，灯烛辉煌，公主的卧室里绸缎飘动，屏风后似乎还藏了个衣冠不整的绝色小鲜肉，风光旖旎，富贵逼人。

安乐公主照例将直播摄像头扫过了自己的一系列炫富收藏，像西方童话里爱美的皇后一样，在得到了众网友“公主最美最有钱，谁都比不上”的夸奖之后，才满意地打开妆奁，慢条斯理地挑选胭脂的颜色。

“今天呢，打算给大家介绍一款庄重的妆容，可以带着去上朝的……”

马上又敏感的网友发现了“华点”。

“上朝？公主你真要当皇太女了吗？”

安乐公主嘴角抿起一丝藏不住的微笑，依旧神秘地缄口不言。

“都说了今天不谈国事。你们都别问。来来大家看，这是最新款的螺黛，我特别喜欢这个盒子，少府专门有个做玳瑁珠宝的工匠，我给要了来……”

观众们屏息，只听到沙沙的画眉声。

背景音里传出若隐若现的人声呼喊。

八卦的网友问：“公主公主，今天皇宫里举行消防演练吗？怎么那么多人在外面？”

安乐公主一心沉浸在给自己修饰眉形上，对弹幕的提问毫不在意。

“……然后呢，这样轻轻扫，务必要做出蛾儿的效果……”

人声呼喊越来越近了，夹杂着金戈铁马的铮铮之声。

安乐公主皱起了眉，自语道：“都这光景了，谁在练兵？”

忽然，屏风后面的帅哥也不藏了，慌慌张张地跑出来说：“公主公主，好像有军兵朝这里开进！”

安乐公主斥道："闭嘴！没看我干正事呢吗！床上呆着去！"

然而随着声音的逼近，安乐公主手里的眉笔终于拿不稳了。她命人拉开窗帘，被映入眼底的火光晃得发晕。

直播屏幕后面的万千大唐网友，也看到了窗外那支黑压压的军队。

有人眼尖，认出了来人："那是临淄王李隆基的旗号……吧？"

"那个男装骑马的绝对是太平公主！我在新闻联播上见过好多次！"

"他们手里提的是人头吗？"

"公主快跑啊！好像是政变！"

安乐公主冷笑："政变？谁敢政变到本公主的头上来？你们当是开故事会呢？"

她命令宫女："去找我母后，这是哪家禁卫军半夜喧哗？请母后都给我治罪！"

宫女小跑着出了大殿，一去不复返。

安乐公主美丽的脸庞上终于出现了害怕的表情。她命令床上的小鲜肉："你……你出去问一下。"

面首自然对她百依百顺，尽管两腿打颤，还是硬着头皮出去了。

咔嚓一声，宫门被撞开。

安乐公主惊叫。

小鲜肉的头，被临淄王李隆基提在手里。

还留在直播屏幕后面的少数网友，看到了他们终身难忘的一场直播。

李隆基手握钢刀，轻蔑地环顾安乐公主那穷奢极侈的卧房，朗声道："韦氏祸乱朝纲，已被我杀了。安乐公主，还想要面子的话，就自己痛快点吧。"

安乐公主已经被吓傻了。第一反应是不相信。

"不、不可能，昨天还好好的，今天白天还好好的……母后还跟我一起吃晚饭呢……你们、你们在恶作剧，是不是？今天是什么节庆？不可能，不可能，我一点风声都没听到……"

李隆基冷冷说："要是连你都能听到风声，本王得有多脓包？"

他身后，一众训练有素的精兵哈哈大笑。

韦氏母女弄权跋扈，疑似毒害先皇，谋害皇室宗亲，觊觎大唐皇位——临淄王李隆基早就决定先下手为强，除掉这两个心如蛇蝎的祸患。

李隆基和安乐公主同岁，一个韬光养晦，心机深沉；一个骄奢淫逸，败絮其中。

政变的风声其实早就在坊间流传开了，也就安乐公主不知道。

安乐公主捧着丢过来的匕首，花容失色。画了一半妆容的脸上铺满铅粉，却未施胭脂，显得惨白没有人样。

“我、我不信……本公主马上就要当皇太女了！你们……你们大胆！都给我拿下！来人，给我拿下！”

疯狂的声音徒劳地回响，传遍了长安城内外。

安乐公主蓦地丢下匕首，提着裙子就往外跑。

一个亲兵挥刀一斩，佳人坠地，血染红了富丽堂皇的厅堂。

梳妆台被打翻，无数奇珍异宝随地滚落。百鸟裙染了鲜血，撕裂成碎片。

安乐公主的最后一场炫富直播，定格在了永恒血腥的一幕。

七

这年七月，新帝李旦登基，追贬韦皇后为庶民，安乐公主为悖逆庶人，算是为这母女俩无尽的贪欲画上了句号。

后来李旦迫于压力，禅让帝位于李隆基，也就是唐玄宗，后者开辟了开元盛世。大唐达到了极盛的繁荣，成为万国之都。诗仙李白泼墨挥毫，记录下了这个奇绝的时代。

但在同一个帝王的统治之下，也就是几十年后，渔阳鼙鼓动地来，宛转蛾眉马前死。安史之乱将全盛的唐王朝拦腰斩断，国家由盛转衰，昔日的绫罗珠玉化为灰土。诗人们留下无数泣血诗篇，记录下这个悲鸣的时代。

浮华如梦。后人望着那个沦为焦土的长安城，再也想象不出它全盛时的模样。

月满则亏，水满则溢，一个王朝的命运，仿佛安乐公主一生的重演。

她卑微过，屈辱过；也得意过，风光过。然而凡事盛极必衰，人的贪欲无穷无尽，盛不满这具美艳的皮囊。

此后的历朝历代，再也没出现过如此规模的公主之乱。权势掌握在男人手里，他们有的比安乐公主更奢靡、蛮横，有的比她更狂妄、凶残。

而公主们呢，也再也无法想象，一个女人的日子竟然可以过成那样。

也不知是该庆幸，还是该叹息。

据《新唐书·五行志》记载，安乐公主曾下令，让宫中负责备办衣物的尚方局为其制作两件百鸟裙。百鸟裙的颜色鲜艳无比，从正面看是一种颜色，从侧面看又是一种颜色，在阳光下是一种颜色，在阴影中则是另一种颜色，并且裙子上还闪烁着百鸟的图案，华贵无比。

不过这种美丽的代价可不小。据《朝野佥载》记载，安乐公主造百鸟毛裙以后，百官、百姓之家纷纷模仿，争相去山中，导致“山林奇禽异兽，搜山荡谷，扫地无遗”。

DANGCHAOXINP

当朝新品
潮流必buy

文 / 夜观天花板 瑶华

新的一年又来啦，在这美好的时光里，时尚 lady 想要脱颖而出，少不了穿搭各种潮流物来扮靓。今天就为大家安利一拨当朝的宝藏新品！

CHAO LIU BI BUY

NO.1 鎏金舞马衔杯纹银壶

LIU JIN
WU MA XIAN BEI WEN YIN HU

出土地址：何家村

大唐人爱饮酒，如今人人出门都会随身携带酒壶。除了考虑酒壶的耐用性，其颜色、款式还要和当日衣着搭配。咱们长安有钱人家出门，酒壶品牌也是有讲究的。据说，千年后女人们对待包包的态度，和我们如今对待酒壶差不多……

鎏金舞马衔杯纹银壶

今年这款鎏金舞马衔杯纹银壶，远远望去，像是一只结合了马镫形状的皮囊酒壶，看起来平平无奇，但你细品，细品就真香了！

鎏金舞马衔杯纹银壶其实是酒壶中的顶配，它出自有品牌保证的何家村，延续了经典款的银质选材、扁圆腹和莲瓣纹壶盖设计，并用一条细链连结壶盖与弓形提梁。壶底有仿皮条结的同心结图案，让人的思绪情不自禁地从繁华的长安飘至天苍野茫的草原，可汗也不过如此吧！虽然瞧着像皮质，但整个壶其实是十足十的白银打造，既上档次又有格调。

除此之外，酒壶两侧都压模制作了“舞马图”的装饰。骏马膘肥体健，长鬃顺垂，颈系的花结绶带随风飘逸，整匹马贵不可言。同时，骏马翘首鼓尾、口衔酒杯，提梁、壶盖和舞马纹饰均过了一层鎏金，金银交错，粼粼生辉，将整只壶再提升一个档次。

整只壶通过特殊的工艺减重，重达十三两半，已由大唐质检机构认证，随身携带也比较轻松。大家不用担心因酒壶太重伤到腰部。

这样一只既精美又彰显个性的银壶，诸位郎君和小娘子们还犹豫什么？赶快入手背起来呀！

NO.2

镶金兽首玛瑙杯

XIANG JIN SHOU SHOU MA NAO BEI

镶金兽首玛瑙杯

出土地址：何家村

如果你觉得方才那件银壶不能完全体现你的身份和档次，不妨来看看大唐第一品牌何家村的另一新品力作——镶金兽首玛瑙杯。

这只玛瑙杯，是我们大唐唯一一件俏色玉雕。你在整个大唐也找不出第二件比它作工精湛的玉器，寰宇罕见。整个大唐，只有这一件，编号001，限量订制，且不可带出大唐！（该物被列入《首批禁止出国（境）展览文物目录》。）

咱们最近流行胡风胡食，这件兽首玛瑙杯可以说是胡风style的弄潮儿。这是品牌特聘的西域工匠，用最顶级的萨珊波斯的缠丝玛瑙做出的“来通”兽角杯（敲黑板，知识盲区来啦，“来通”其实是希腊语音译“流通”的意思）。兽的首、角等全部依照玛瑙的自然纹理和形状打磨，匠心独运。你瞧这流畅的线条和均匀的色泽。兽嘴处的镶金酒塞也是一大特色，把它拔下来，大唐的葡萄酒就涓涓流下，香气四溢。

咱们大唐人都听说过，喝这种“来通”酒杯里流出的酒，是可以防止中毒的。举起“来通”一饮而尽，是向神灵致敬！各位贵族郎君们，想象一下你在宴会上举起这只玛瑙杯，我敢保证，席间所有人的目光再也不会从你身上移开！

NO.3 葡萄花鸟纹银香囊

PU TAO
HUA NIAO WEN YIN XIANG NANG

出土地址：何家村

葡萄花鸟纹银香囊

有些郎君或小娘子，可能囊中羞涩，入不了上面推荐的银壶或者玛瑙杯，但又不想落伍，毕竟长安人谁不想拥有一件何家村的物件呢？

那推荐你专注接下来的这件葡萄花鸟纹银香囊，它是最合适的何家村入门产品。

它的外形十分轻巧，一只巴掌可完全握住把玩。它跟目前潮流的大多数新品一样，亦是银质，通体用蝴蝶纹镂空，好似外壁停满蝴蝶，与“香囊”呼应。任谁鼻子一嗅，都会心旷神怡。

只要是何家村出品，不仅有质量保证，而且每件物品都至少有一处与众不同的设计。这件香囊的独特之处在于中间有一条水平线将球分成两半，再用一个蝴蝶扣子将两半银球连接起来，银球的瞬间颜值提高数倍。此外，这个香囊球无论如何转动，都会屹立不倒，大唐人你是不是有很多问号？

原理在这里就不泄露了，如果你想一探究竟，就赶快 get 葡萄花鸟纹银香囊吧！

NO.4 绢衣彩绘木俑

JUAN YI CAI HUI MU YONG

出土地址：高昌

绢衣彩绘木俑

如果你是手办控和娃娃控，这套绢衣彩绘木桶绝对不能错过，错过后悔数年！

这个组合套装一共有三个木雕小娘子人偶，人偶形象珠润玉圆，敷粉施朱，身材婀娜。她们着淡黄上衣和墨绿披帛，长裙皆是数千年后仍然在流行的颜色——珊瑚红，但又与之有细微不同。值得一提的是，娘子们身上的绢衣和长裙，皆由真人衣物等比缩小。高昌工匠们非常用心，用红花和石榴皮调合红色，用栀子花作为白色染料，其中还加入了蓝草来综合蓝色。对了，蓝草就是板蓝根叶子，想不到吧！

这套绢衣彩绘木俑完全还原了盛世大唐的时尚和风流，绫罗缤纷，鲜艳如新，可质保千年不褪色。这套组合目前没有隐藏款，不用盲选，建议要入手就整一套入，不要犹豫啦！

NO.5 鲁山窑花瓷腰鼓

LU SHAN YAO
HUA CI YAO GU

鲁山窑花瓷腰鼓

出土地址：鲁山窑

小伙伴们，想击鼓催开春花吗？想感受热烈奔放的鼓点吗？想伴着鼓点唱起最新的词曲、跳起欢乐的胡旋吗？快来看看这款宫廷御用的鲁山花瓷腰鼓吧！

这款腰鼓长约两尺，两端广口空腔，收束到中间成一段细腰。鼓身凸起七道弦纹，造型优美别致。更引人注意的是，它表面的匀净黑釉上有着一块块蓝白色的彩斑，是自然窑变而成，像宣纸上晕染的水墨一样变幻多姿，显得格外典雅。

想要把这个腰鼓要想挂在腰上起舞，恐怕太考验肌肉力量了！您可以在宴饮奏乐时，把它放在地面上，用木杖击打鼓面或是直接用手拍击。还等什么呢？快快入手吧！

CHAPTER TWO

F A S H I O N B E A

女神男神揭秘八卦

NV SHEN NAN SHEN JIE MI BA GUA

CHAPTER TWO

第二章

BaGua

FASHION BEAUTY

NV SHEN
NAN SHEN
JIE MI BA GUA

FASHION BEAUTY

鱼玄机

（公元844年—公元871年）

职业

诗人，道姑，
犯罪嫌疑人

ID

@兴风作浪的咸宜观甜心

个性签名

只要有态度，
道观也非潮流废墟

文/顾闪闪

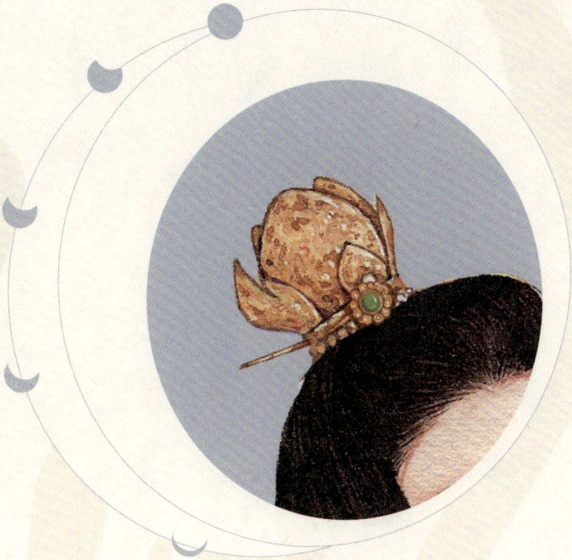

莲花冠：
从头潮起！重金属的时尚魅力

鱼：求头冠安利？还算你们有眼光。我戴的这种冠，名为“莲花冠”，原为道门高功法师上坛才能戴的，散发着一种能随时羽化登仙的气息。莲花冠或用金银编织镶嵌，或用白玉雕琢，造型独特得很，仿若亭亭绽放的一朵莲花，我自己也很喜欢。

由于这种冠的设计太别致了，实在瞒不住那群爱美的妹子们。如今莲花冠正逐步走出道观，流向市井。所以走在大街上，可别看到人家戴着莲花冠，就以为她是道教中人，说不定人家只是位新锐的时尚弄潮儿。

蝉鬓：
天热梳这款！轻盈妩媚显脸小

鱼：澄清一下，这么梳真的不热的！这款发型看起来遮脸，实际上却只是将两鬓薄薄一层发丝梳得漆黑而有光泽，再在脸庞两侧拢起，看起来如蝉翼一般，因此得名“蝉鬓”。

蝉鬓是精致少女的象征，没有足够的时间和闲情，谁能这么一丝不苟地打理自己的秀发？我朝的离婚协议书中就常常写道：“愿娘子相离之后，重梳蝉鬓，美扫蛾眉……”意思是，希望娘子离婚后，尽快走出消沉，重开妆奁，做个新发型，打扮得漂漂亮亮的，再去钓个比我帅千倍的好男人，恢复从前的美好与活力。

夫妻之间不能走到白头，至少能以这种豁达的心态分道扬镳，缘尽怨解，不必互相憎恨。“一别两宽，各生欢喜”也着实让人羡慕啊！

麈尾：
文艺标配，格调利器

鱼：说多少次了？我手里拿的这把不叫拂尘，叫麈尾！麈尾从魏晋时期就开始流行，如今算是梅开二度。众所周知，当时的名士有两大爱好：清谈和服用五石散。麈尾恰好满足了他们的需求——既能在清谈时提升格调，又能在行散时清热消暑，因此大受欢迎。阮籍、嵇康都拿着麈尾留过影。

这东西的构成很奇特，中间是一根细长的木条，木条两边和上端则插着柔顺的毛毛，堪称扇子和鸡毛掸子的合体，驱蚊除尘二合一，实用中透着高端的气质。

所谓麈，乃是一种大鹿。群鹿迁徙时，便是跟随着麈摇动的尾巴前行。同理可证，只有大名士才能拿麈尾。传说清谈巨巨王衍有一双美手，执白玉麈尾时，手和玉柄同样洁白温润，直令手控们欲罢不能。

鱼玄机

YuXuanJi

易求无价宝，难得有情郎

文 / 南方赤火

TINGSHENJILU

鱼玄机谋杀婢女绿翘案庭审记录

时间： 大唐咸通十一年（公元870年）

控方： 大唐大理寺、刑部衙门

主审官： 温璋

温璋：各位大唐子民，今日本官要审理的案件是一桩性质恶劣的谋杀案。在天子脚下的长安城，一个女道士被控谋杀她的婢女，影响十分恶劣。本官是京兆府府尹温璋，今日定会秉公审理此案。我宣布现在开庭！有请检方律师陈述案情。

裴思谦：大家好，本官裴思谦，现任左散骑常侍兼大理卿。相信很多人都很熟悉本官了，本官系唐文宗开成三年状元及第——不不，不要听信传言，本官绝对没有走后门勾结宦官威逼主考官——总之，本官有资格作为此案的公诉人。有意见者可以去向大内仇公公提，相信他会给你们一个满意的答案。

现在由本官简略介绍一下案情。

鱼玄机，女，长安人，生于武宗会昌四年（公元 844 年），现年 26 岁。是一名咸宜观女道士。该道士行止不端，与多位男性有染。她有一婢女绿翘，亦明慧有色。被告鱼玄机于咸通九年正月间，因怀疑婢女绿翘与自己的情人有染，出于嫉妒之心，将绿翘杖杀致死，并将其埋入后院。后因罪行败露，鱼玄机被京兆府依法逮捕。被告，本官所言，可有异议?

鱼玄机：（沉默）

裴思谦：被告拒不认罪。来人，传唤控方证人刘掾!

刘掾：主审官大人，公诉人大人，在下刘掾，是卫河东节度使。案发时，在下正在担任工部尚书一职。今日，在下特地推掉公务，前来作证。

下官惭愧，虽然有妻有子，但在长安城里公务繁忙，还是时常出入烟花柳巷寻欢作乐。这个鱼玄机小姐，本是倡家女，靠出卖色相为生。后来为了扩展业务范围，她来到咸宜观出家。咱们大唐风月界最近的潮流各位大人都懂，不少女道士、尼姑都十分风流奔放。

下官也是鱼玄机小姐的入幕之宾，常常与她相处甚欢。戊子年春季正月，下官在鱼小姐处小酌，不巧内急，于是跑到她的后院里打算就地解决——我知道这不文明，大家别笑话，不这样怎么能让我发现罪案呢? 总之我来到后院，发现一块地方上青蝇聚集，赶走一波又飞来一波，十分可疑。细细观察，地面似有血腥迹象。我当时就吓坏了，脑海里浮现出无数志怪鬼故事，酒也不喝了，借故离开。

我悄悄把这件事告诉了自己的仆人老王。老王有个哥哥是府前巡卒，据说曾经向鱼小姐求爱而不得，对她心怀怨恨。于是这个巡卒带着一群同事，抄家伙闯入鱼小姐的院子开挖——玄机你要相信我，这些事我都不知道——挖出一具女尸，面目如生。有人认出来，这就是鱼玄机的婢女绿翘。而鱼小姐此前曾经告诉别人，绿翘早就逃走了，她也寻不到人。

我所知的就是这些。至于绿翘是不是鱼小姐杀的，我也不知道。

裴思谦：证人已在口供上按手印，表明真实无虚。鱼氏！你放荡失德，草菅人命，眼下知罪？

韦庄：反对！主审官大人，控方律师诱导提问，我方有话要说！

温璋：嗯？堂下何人？

韦庄：不才韦庄，字端己，是鱼玄机小姐的代理律师。

温璋：没听说过。你有何功名？

韦庄：我乃苏州刺史韦应物四世孙。和在座诸位官大人不太一样，我父母早亡，少而孤苦；弟妹年幼，我为了生活而奔波多年，见惯了世事疾苦、人间乱离。偶然听闻鱼玄机小姐之案子，我心中同情吁叹，不可胜言。因鱼小姐在长安没有门路，我志愿做她的辩护律师。我虽然屡试不第，好歹是个秀才，熟知大唐例律。我会尽我所能，给鱼小姐争取一个公正的判决。请问主审官大人，我可以传唤证人吗？

温璋：区区一个落第秀才，居然有胆子和大理寺叫板。依本官看，你也是鱼玄机的恩客，旧情难忘，因此才为她说话的吧！本官告诫你，悬崖勒马为时不晚，你再为罪人说话，小心终生做不得大唐的官！

韦庄：做官不做官我倒不在乎。我和鱼小姐确实有点私交，但看遍长安城，哪个才子跟鱼小姐没交情呢？您看看旁听席上的名牌，这些君子们都是来给鱼小姐声援的哦！

温璋（慌）：温庭筠？皮日休？陆龟蒙？赵炼师？哎呦各位大人怎么挤在旁听席上啊？来人，快看座，奉茶！

韦庄：我方想请温庭筠先生为鱼小姐的过往作证，请主审官允许。

温璋：……准。

温庭筠：咳咳……请原谅本人年迈抱病，咳咳咳……各位大人们好，旁听席上我的粉丝们请轻声交流。

温庭筠的粉丝：温庭筠先生，有传言说您和鱼小姐是师生忘年恋，是真的吗？

温庭筠：这个，咳咳，绝无此事！待我从头讲来……我和幼薇认识得很早——幼薇是鱼小姐的原名——那时候她家境贫寒，早逝的父亲原是长安城内一落魄书生，膝下无子，于是将毕生学识教给他的小女儿。幼薇天赋异禀，才思敏捷，很快成为名满长安的女神童。

那时我已经是颇有名气的诗人，听闻这个小女孩的名气，就慕名拜访，想要考较一下，看她到底是真神童还是炒作。那时三月柳飞絮，我以“江边柳”为题，令她作诗。结果，她的才情令我敬畏。我至今记得她笔下的那首诗：

翠色连荒岸，烟姿入远楼。影铺秋水面，花落钓人头。
根老藏鱼窟，枝底系客舟。萧萧风雨夜，惊梦复添愁。

你们看看，这首诗清新而不失老练。若她是个男孩，定然是状元的苗子。

我不愿看到这根好苗子废了，于是成为她的老师。那时她的家境极为窘迫，寡母以为妓院洗衣为生，我也时常接济他们。控方律师声称幼薇原是倡家女，这点有待商榷，只不过是她母亲在倡家打杂而已。

幼薇是我看着长大的，我可以作证，幼薇出身清白。至于她的人品么——虽然算不上女德标兵，但也绝不是蛇蝎妇人，更绝不是人尽可夫的浪女。她只是一个普普通通的年轻小姑娘，怎么会因争风吃醋而辣手杀人呢？老温我不信。

当然啦，幼薇青春年少，情窦初开之时，也曾对我这个做老师的有一点不切实际的念想，也许还曾写过一些暧昧的诗词，比如大家很熟悉的《遥寄飞卿》《期友人阻雨不至》等等。不过我保证，她的这些想法这些都被我掐灭在了萌芽之间。我温庭筠虽然放浪形骸，出入歌楼妓院无数，但我不祸害小女孩。我比她大将近三十岁，而且最关键的是，我对自己的颜值有自知之明，在座的很多粉丝都可以证明。当初因为绮丽的“花间词”而粉了我老温，最后见到真人立刻脱粉者十之八九，哎不说了，都是泪。

温庭筠的粉丝：庭筠哥哥不管你多丑我们都爱你！

温庭筠（招手）：多谢抬爱。总之呢，我做幼薇的老师数年，后来做主，把她介绍给了当时的新科状元李亿先生，嫁给他做妾。才子佳人，俊男靓女，十分般配。所以幼薇也算是良家妇女，并非控方所指的烟花妓女。这点老温希望向主审官澄清。

裴思谦（打断）：哦是吗？主审官大人，下官有必要提醒您，温庭筠这个人狂妄自大，士行尘杂，多次作诗讽喻权贵，且惯于纵酒放浪、扰乱科场，还喜欢随意指点其他考生答卷，视科场规则如无物，以至于屡试不第，愤世嫉俗。对于他的证言，我们有必要带着怀疑的态度听取。

至于说被告曾经是李亿先生明媒正娶的妾室？可惜我这里有一位人证，她可不这么说。传唤控方证人裴氏。

裴氏：各位官大人好，妾这厢有礼。自我介绍一下，妾是李亿明媒正娶的发妻。李亿今天拉不下面子过来，于是由妾代他陈述。

没错，这个姓鱼的小狐狸精确实曾经跟过拙夫李亿。这不奇怪，男人嘛，喜新厌旧是常态。我老公旅居长安，有钱有地位，人长得又英俊，自然有一堆小姑娘扑上来。他旅居长安时，身边寂寞，缺个铺床叠被的女人，于是跟这个鱼玄机好上了，这个我都很理解。男人嘛，外面彩旗飘飘不要紧，那都不是玩真的。只要他心里有这个家，按时给生活费，那就算尽到了做丈夫的责任，我们做妻子的还有什么可抱怨的呢？但随后的事情出乎我的意料。小狐狸精还算有点才情，时常给他写点相思诗句什么的。比如说这首：

枫叶千枝复万枝，江桥掩映暮帆迟。
忆君心似西江水，日夜东流无歇时。

大家听听，这还要脸不要脸。我老公这个单纯的大男孩，就这么被鱼小姐玩弄感情——据说鱼小姐还和她的老师藕断丝连，经常写信表达相思……

温庭筠：李夫人不要胡言！我们那是正常的文人交流！笔友！笔友你懂吗？我给她的诗都是公开发表的！你们随便翻我的诗集，你能看出藕断丝连，我老温立马封笔！

裴氏：呵呵。总之李亿似乎被这个小妖精迷上了，这我就必须采取行动了。我来到了长安，打听到了李亿金屋藏娇的地方，带人上门，把她痛打了一顿，让她离我老公远点。李亿也终于意识到了自己的错误，他悬崖勒马浪子回头，休了鱼小姐，安心跟我继续过日子。

所以主审官大人，鱼小姐并非什么良家妇女，而是职业小三。小三都该死，请判死刑谢谢。

温璋：鱼玄机小姐，你有什么可说的吗？

鱼玄机冷笑不语。

韦庄：鱼小姐，你服个软会死啊！主审官大人，作为辩方律师，我要求传唤我方第二个证人！有请咸宜观观主玄真道长！

玄真道长：阿弥陀佛……哦不，福生无量天尊！贫道给各位施主见礼了。

贫道是自幼出家的女道士，最近一直在长安咸宜观担任观主。由于最近经济形势不利，道观香火不旺，因此也兼做一些副业，收留一些无家可归的妇女什么的……你们懂的。前几年，有个叫李亿的施主悄悄找上贫道，说他有个相好不容于大房，乞请在我的道观里容身。他还捐了一大笔香油钱。贫道记得很清楚，分别的时候，那个李亿眼泪汪汪，指着三清殿里的神像发誓，三年之内一定会搞定大房，把鱼小姐接出来……

裴氏（脸色煞白）：不可能！你瞎说！我老公不可能！他说已经把姓鱼的给休了！再不相见！

玄真道长（耸肩）：贫道何必说谎？女施主回家和尊夫一问便知。贫道只说自己清楚的。鱼小姐在咸宜观里居住数年，那个姓李的一次也没来找她，只是写过几封信。当初给的生活费也用完了。鱼小姐对李亿早就死了心，还曾作诗曰：

易求无价宝，难得有情郎。

窘迫之际，她向贫道请求出家，也做一名女道士，改名鱼玄机。但就算出家也不能解决生活问题。玄机想出一道奇招，她在大门口贴出告示——“鱼玄机诗文候教”，遍邀长安名士来探讨风雅。

这一招十分奏效。你们想想，前来请求赐教诗文的，肯定不会空着手来吧？有人跟玄机姑娘聊得入迷，想要留宿时，总不能白住吧？这么一来，我道观多了一大笔可观的收入，也有钱装修粉饰了；玄机姑娘也有钱买书买笔了，而且结交了一大群风雅名士朋友。对了，绿翘这个丫头也是那时候买的……

裴思谦：请问这和倚门卖笑有什么区别？

韦庄（惊讶）：区别大了！鱼小姐赏玩风月之佳句，往往播于士林。她交友的标准很高的！首先人要帅，然后肚子里要有墨水，还要懂女人心思。若是哪里冒犯了她，她会直接把人赶出去的！我韦庄不才，花间词作得跟老温不相上下，鱼小姐和我品茶论道，夜里从来是不收房钱的！还有在座的长安名士们，时常接到她游山玩水的邀约，我们的诗集里都有和她应和的诗文，我们跟鱼小姐分明只是以文会友嘛！至于男女关系……哎呀这些都是顺其自然的，咱们大唐这么开放，小姑娘们谈几个男朋友不是很正常吗？鱼小姐就是……比较豪放而已！这叫及时行乐！

旁听席众名士：没错！鱼小姐和我们的精神共鸣更重要！我们是知己！

温璋：辩方律师不要狡辩！有金钱往来，有男女关系，那就是卖的！不接受反驳！

韦庄：那请问，长安城里的烟花女子谁能自主挑选宾客？据我所知，不是所有人都能随便和鱼小姐交往的！对了，温法官，听说您也曾多次自备诗文，去咸宜观登门拜访鱼小姐，但是由于诗作得太臭，被她当面嘲笑一番，摔门而去……

温璋（脸通红）：辩方律师不要再说了！我们暂且认定被告身为良家。继续下一个议题。被告预谋杀人，手段恶劣，这点你可认罪？

裴思谦：申请传唤我方证人刘氏，死者母亲。

刘氏（大哭）：我的儿啊！你死得好惨啊！你自幼被那个鱼玄机女道士买走，端茶送水伺候人，没过过一天好日子。谁知你越长越大，出落得明媚水灵，而那个鱼玄机已经是二十多岁的残花败柳，她居然怀疑你私自抢她的客人。盘问之际，你看不惯她行止放荡，严加批评，表明自己如何清白，绝不会自甘下贱。鱼玄机恼羞成怒，竟而辣手把你杀了！等我听到消息时，你的尸骨都寒了！你死得冤哪，官府要给老身做主哇！

韦庄：刘妈妈，话可不能乱编。你女儿惨死，我们都很同情。但是她死亡的细节您说得有鼻子有眼，连她死前说过什么话都一清二楚，请问您是怎么知道的？不会是鱼小姐告诉您的吧？

刘氏：……

韦庄：我方也申请传唤证人，有请隔壁老黄！

黄巢：各位官老爷，草民这厢有礼！草民黄巢，原是个秀才，因为屡试不第，故而弃文从商。这年头从商也不容易，每天都被层层盘剥，不过勉强糊口罢了。小人这几个月一直租住在咸宜观隔壁的民房里，跟鱼玄机和那个绿翘小丫头也有几面之缘。

其实鱼小姐年龄不大，那个小丫头就更小了，大概只有十几岁吧。依草民看哪，现在世风日下，十几岁的小丫头，跟这个水性杨花的女主人，哪儿学来那么多仁义道德？还义正词严地指责女主人作风问题，以至于把自己的命搭上去？草民以为，绿翘这个丫头大概就是正常病死的。毕竟这个社会是富人的社会，穷人病死饿死太寻常了。鱼玄机小姐呢，年少不经事，看到丫鬟死了，慌乱之间把她埋了，也是人之常情，根本没什么谋杀啦。

裴思谦：这个辩方证人愤世嫉俗，对我大唐政局颇有不满，我建议，对他的证词不予采信。

韦庄：控方居然请了市井老妇当证人，上庭就会撒泼打滚，我也建议，对她的证词不予采信！

温璋：好了两位律师别吵了。被告用来杀人的凶器找到了吗？

大理寺众官：没找到。

温璋：这就难办了。只有人证，没有物证，如何定罪？然而本官认为，罪无轻重，恶无大小。除恶务尽，犯意方绝，此谓之能治者。诸位放心，本官一定不会放过有罪之人。现在有请两位律师进行总结陈词，本官将择日宣判此案。

裴思谦：青天白日朗朗乾坤，女道士公然倚门卖笑，花季少女无故被杀，这一切到底是人性的扭曲，还是道德的沦丧？鱼玄机以其色相为饵，引诱长安众名士公然联名为其求情，此例一开，置我大唐法律为何地？本官以为，此案应当从严从重判决，以儆效尤！

韦庄：鱼玄机小姐是一个身世凄惨、有着童年创伤的绝世才女。她屡次被男人辜负，因而看破红尘，决心快意人生，何罪之有？才女的手只用来拿笔拿纸，断不会用来杀人。不才认为应当疑罪从无，释放鱼小姐。对了，不才提醒一句，依据《大唐律》，奴婢的地位“并同畜产”。如果主人未经官府判决而杀了奴婢，刑罚是“杖一百”。如果奴婢无罪而被杀，主人的刑罚是“徒一年”。我无意评论这条法律，但既然法律这么规定了，作为大唐子民就要依法行事。就算鱼小姐真的杀了人，最多也只会坐一年牢，谈不上什么杀头——鱼小姐，一年之后，我们等你！

旁听席众名士：一年之后，我们等你！

庭审结束

以上就是鱼玄机杀人案件庭审内容的全记录。由于年代久远，史料不全，作者已进行适当补充发挥，读者姑妄听之，以为戏言即可。

但关于鱼玄机的生平，这里基本上是真实呈现。她幼年丧父，被温庭筠发掘教育，继而嫁给李亿，又因正妻不容，出家做了道士，从此交游广泛，成为长安城内最有才情的交际花。

直到她的生命因为这桩杀人案而终止。

法官温璋（他是温庭筠的远亲）最终无视了大唐律，选择了最严厉的刑罚，将她判了秋后问斩。温璋是当时的京兆府尹，裴思谦是当时的大理寺卿。唐朝法制对死刑十分慎重对待，按照大唐律规定，重大案件先由大理寺审理完毕，判处死刑后将案卷材料移送刑部复核，若有异议，则移交大理寺重审。若核准，还需奏报皇帝批准。

纵然鱼玄机按律不当死，纵然有诸多权贵名士为她求情，温璋还是跨越了重重阻碍，坚持将她判处死刑。有传言说温璋曾经多次上门拜访鱼玄机，欲求一亲芳泽，但未能得到才女青睐，因爱生恨。

温璋同时也是个有名的酷吏，信奉“宁可错杀，不可放过”。据记载他曾经将一个偷鸟贼判了死刑。所以此案也许只是他践行自己雷霆手段的一个小例子。顺便说一下，温璋的结局并不太好。在判死鱼玄机后的两年，他因触怒唐懿宗，被贬官赶出京师，后自尽而死。唐懿宗闻讯还说他“恶贯满盈，死有余辜”。

温庭筠是鱼玄机的启蒙老师，也是忘年之交。幼年的鱼玄机也许倾慕过这位其貌不扬的才子老师，但他们的关系最终没有进一步发酵。温庭筠将她介绍给李亿，大约也是想要浇灭这个小姑娘心中那股不容于世俗的火苗。

鱼玄机死的时候，温庭筠应该是在外地做官。那时候他已近六十岁，纵有通天才情，奈何太过恃才傲物、无视公序良俗，得罪的人太多，以至于始终不得志。

六十岁的时候，他终于得以出任国子监助教。然而他没珍惜这次机会，居然擅自宣布进行考场改革，杜绝因人取士的不正之风。这一举措又得罪了一堆权贵，官印还没焐热就又被踹出官场。最终，温庭筠在贬谪路上困顿失意而死。

至于韦庄、皮日休、陆龟蒙等人，他们都是和鱼玄机同时代的晚唐诗人。生活在长安之时，他们应该也曾和这位著名的女道士有过接触。只不过鱼玄机的不少诗文早已散佚，我们无法推知这些男女诗人们到底擦出过什么样的火花。

至于最后一位证人隔壁老黄，此为作者想象，大家都知道他是谁。

鱼玄机所生活的晚唐黑暗而腐败，当初那个拥有李世民、武则天、李白、杨贵妃的如日中天的帝国已经从根里腐烂。公元 875 年，鱼玄机死后不久，屡次落第、盐枭出身的黄巢起兵造反。曾经辉煌绚烂的唐王朝一朝破碎，这也直接导致了中国历史上最为深重的战乱灾难之一。

公元 880 年，黄巢军攻入长安，血洗这座千年古城。诗人韦庄和家人失散，流落江湖。他目睹了这场震撼神州大地的社会巨变，目睹了遭受深重苦难的无辜人民，悲愤之下写就长诗《秦妇吟》，一时间盛传民间，成为这场灾难的忠实记录。

所以在这场虚拟的庭审中，作者让韦庄做了鱼玄机的辩护律师，因为他有一颗与妇孺弱者共振的同理心。

但是这首诗不久以后便散佚流失了，宋元明清历代皆只闻其名，不见其实。直到近代，《秦妇吟》写本才复出于敦煌石窟，让后人窥到这首失传了千余年的历史名作之全貌。

家家流血如泉沸，处处冤声声动地。舞伎歌姬尽暗捐，婴儿稚女皆生弃。

……

昔时繁盛皆埋没，举目凄凉无故物。内库烧为锦绣灰，天街踏尽公卿骨！

……

如果鱼玄机不死，她大约也会成为兵祸中的一缕浮萍，成为《秦妇吟》中的一句染血记录。这样的结局，未必比砍头要好吧。

—

FASHION BEAUTY

江采萍

（约公元710年—公元756年）

职业

皇妃，
大明宫梅花种植园园长

ID

@远离宫斗的第六千九百三十五天

个性签名

温婉又清丽，
本宫亲授盛唐“好嫁风”

文/顾闪闪

JiangCaiPing

额黄：
选对额黄，你就是人间富贵花！

江：“约黄能效月，裁金巧作星”，谁不想把皎洁的明月和灿灿的星辰搬到自己的妆容上？大家天天画额黄妆，但如何将基础款妆容画得出彩，却需要技巧。首先，底妆一定要白，以不是白皮胜似白皮为目标，卡粉掉灰都不算事，毕竟有什么比黄皮涂额黄更灾难的呢？

常规将额头全部涂黄的画法，叫作平涂法，能增加肌肤的光泽感，显得天庭饱满、端庄大方。据说这是南朝女子们从涂金佛像上受到的启发。平涂法上妆面积比较大，我推荐这款哑光沙漠盘，搭配花钿使用，两种妆容叠加便如同鲜花细蕊，尽显高级。

除此之外，今天我再介绍一种半涂法，这款涂黄面积小，更强调渐变和晕染，用日落盘就可以很好地完成，妆感自然清透。

斜红：
吸睛提气色，全靠这款“撞伤妆”

江：最近我见宫中的姐妹们纷纷画起了斜红妆，它背后的故事大家可否知道？传说，某夜魏文帝曹丕灯下读书，四周障以水晶屏风，宫人薛夜来不知，走过来时不慎撞了上去，登时痛得泪光盈盈，额角血流不止。这么大动静，当然惊动了魏文帝。他将人细细一打量，只见拭去鲜血的佳人鬓边尚残留着一弯血月般的伤痕，与美貌相得益彰，当真是绝色！

后宫诸人见薛夜来得宠，便纷纷学起了这种斩男小心机，又不忍真对自己下狠手，便用朱砂和胭脂仿着那伤处的样子，仔细描画，描过处如被晓霞灼伤，所以又被称为“晓霞妆”。

绢扇：

雾里看花，人手一把的凹造型神器

江：若是说到摆拍神器，珠翠俗气，琴棋沉重，我觉得倒不如随身携带一把丝绢的团扇，遮阳、掩面各种造型随心摆；随手轻挥，还能驱散盛夏的燥意，岂不是一举两得？扇子古已有之，可绢扇不是哪朝美人都用得起。如今流行起来，还要归功于我朝发达的纺织业。原本贵比黄金的丝绢不仅用到了衣裙上，连扇子都跟着升级换代，罩上了薄如蝉翼的新装，辅以缂丝、双面锦等工艺，叫人眼前一亮。

不得不说，我大唐女子真是爱极了绢扇，以至于出嫁时都要带上一把，一为驱灾辟邪，二为遮掩花容月貌，这种习俗被称为“却扇”。洞房花烛之夜，新妇绢扇轻掩红妆，羞答答地静待夫君前来，还有什么比这更让人心动的呢？

FASHION BEAUT

江采萍

Jiang CaiPing

欲采蘋花不自由

▷▷ 文 / 采薇

我哒哒的马蹄是美丽的错误
我不是归人，是个过客①

闺中美人蹙眉深坐，心如窗扉紧掩，等待意中的归人。过客的马蹄声惊扰了这故作平静的梦境，徒留一地美丽的错误。

一千多年前，一个脱俗绝尘的美人路过了一个万国朝拜的王朝，她也曾惊艳，也曾珍重。只可惜，这惊鸿一瞥般的邂逅被蒙上了错误的阴影。美人终被辜负，不得善终，而鼎盛的王朝也覆灭于战火之下。

这个美人，是江采萍。她路过的王朝，是盛唐。

① 出自郑愁予《错误》。

江采萍的前半生可谓顺遂。

她出生于医道世家，是家中娇宠的幼女，且饱读诗书，才情纵横，9 岁便能吟诵《诗经》中的《周南篇》和《召南篇》。小小的人儿只一点儿高，却坚定地扬起脑袋，对父亲说："吾虽为女子，当以此为志。"

14 岁时，江采萍已经能吟诗作赋。她精通琴棋书画，有底气自比晋朝才女谢道韫。没错，就是出生王谢世家，写出"未若柳絮因风起"的谢道韫。

这样出色的天资，已令普通人难以企及；更难得的是，江采萍还拥有足以让人折服的美貌，这美貌与她独树一帜的才情交相辉映。

开元二十五年，唐玄宗最宠爱的武惠妃溘然长逝。为了缓解帝王闷闷不乐的心绪，高力士亲自去闽粤两地为玄宗选妃。听闻江家有女美貌绝世后，高力士便亲自上门相见。

在宫中见惯美色的高力士，一见江采萍便惊为天人，立即以重礼相聘，将她带回长安。唐玄宗果然非常宠爱她，很快便赐她为正一品皇妃。

大唐开元、天宝年间，是整个中国古代史上盛世的顶峰。高堂金玉，钿彩琉璃，白马华服，亭台楼阁，无处不精美，无处不奢华。美人与公子都纵横恣意、神态昂扬。他们喜欢明艳的色彩，沉迷雍容的华贵。

这是个属于牡丹的时代。只有牡丹的大气、艳丽、耀目，才足以当得贵人那一句"唯有牡丹真国色，花开时节动京城"的感慨。

江采萍不同，她不喜这如火的牡丹，却独爱幽静的梅花。

从小，她便笃定了这个爱好。因为她爱梅如狂，父亲重金为她寻求各种梅树，遍植于堂前屋后，让爱梅的女儿可以时时欣赏梅花的风姿。日日与梅相处，江采萍熏陶出了近于梅的气节与风姿，高雅娴静，不同流俗。

进到宫中，这样的不同愈加惹眼。

当时宫中嫔妃很多，皆爱浓妆艳抹和盛装金饰。而江采萍虽然容貌殊胜，但却喜好淡妆雅服，姿态明秀，清爽宜人。这样的江采萍，为华贵的大明宫送来了一缕清风，得到了唐玄宗的宠爱。

玄宗称她"梅妃"，开玩笑时，还戏称她为"梅精"，在她的宫中种满各式梅树，并亲笔题写其中的楼阁为"梅阁"、花间小亭为"梅亭"。每到梅花绽放的时节，江采萍便徘徊于梅林之中，赏花作赋，怡然自得。满宫的目光都落在了她的身上。

江采萍的诗赋才华极高，乐舞也不落人后。她所作的《惊鸿舞》，翩若惊鸿，宛如游龙，如误落人间的仙鸟，徘徊长鸣，又随风而去。这样的风姿，曾经是大明宫最美的传说。

美貌有了，才情有了，帝王的宠爱也有了。江采萍的前半生，可谓引人称羡。只可惜，没人能够提前预见命运的翻云覆雨。

上天给江采萍送来了宿命的对手——杨玉环。

江采萍爱梅，似梅；而杨玉环娇艳妩媚，如同集大唐风情于一身的牡丹，红艳艳、华灿灿。杨玉环的一颦一笑都是热烈的、夺目的、倾国倾城的。梅花与牡丹并立，幽清淡泊与国色天香同处，江采萍很难先声夺人。

甚至连舞蹈的风格，她俩都隐隐相对。

江采萍的《惊鸿舞》是天上惊鸿，不能在凡尘俗世久留；杨玉环的《霓裳羽衣曲》才是盛世大唐应有的辉煌，演绎起来既是天上美佳人，又是人间富贵花。《惊鸿舞》中孤寂的飞鸿也只能黯然独鸣，悲伤落寞。

更不妙的是，江采萍和杨玉环，都不是性子和软的人。

杨玉环方获宠时，正如诗歌中所写的那样——春宵苦短日高起，从此君王不早朝。

曾经，唐玄宗也是一代英主。他作为一名借着宫廷政变上位的年轻帝王，手段高绝，才能卓著，更是一手缔造了开元盛世。

可再英明的帝王，也难以抵挡这浮糜缭乱的宫廷生活的侵蚀。年已花甲的唐玄宗励精图治了大半辈子，终于觉得累了，想要好好放纵一番。

更何况，上天在此时送来了杨玉环。于是唐玄宗既不上朝，也不理政务，与杨玉环通宵达旦地欢唱饮宴。大唐牡丹的香气，熏得唐玄宗一头栽了进去。

从小便饱读诗书、清冷守礼的江采萍看不过去了。她一向才高，觐见玄宗时诗笔一挥，赠诗一首，讽刺二人的荒唐。不想这一番作为并没使玄宗悬崖勒马，反而让江采萍被打入了冷宫——上阳宫。

然而，杨玉环与江采萍之间的冲突还不止如此。

四时回转，盛衰开谢，到了梅花盛开的时节，唐玄宗睹物思人，突然想起曾得自己万千宠爱，如今却被困上阳宫的江采萍。昔日里佳人的身姿风貌，二人的情意缱绻又在玄宗的脑海中浮现起来。

恰巧这一日，杨玉环不在，玄宗便悄悄地派遣贴身宫人去到上阳宫，将梅妃接了来。二人方才坐下，还未来得及说几句话，已得到消息的杨玉环便不宣自闯，眼看就要来到二人面前。

此刻，玄宗半分也未显示出英主的霸气，而是在惊吓之下，把江采萍藏进了屋内的夹墙中。等玄宗处理完琐事再回到屋内时，夹墙中已无芳踪，只余江采萍留下的几枚头饰。玄宗赶忙将头饰封好，使人给江采萍送去。

独坐上阳宫的江采萍看也不看珍贵的首饰，只向来人问玄宗的意思。来人无奈地解释："皇上并不是抛弃你，只是，只是怕杨玉环生气。"

这一下，江采萍苦笑出声，无力地挥退了来人。

对江采萍这样自有傲骨的女子来说，玄宗如此行为，虽未明言，但彰显的事实已足够多。

她突然回想起，自己躲起来时，透过墙缝，依稀可以窥见那个明艳冲动的女子。她毫不畏惧地拉着玄宗吵闹，不论高声言语或是低泣浅诉，都带着有恃无恐的笃定；而玄宗虽然生气，虽然也会略做惩罚，但眼神中的无奈却缠绕着包容，那样的不舍是骗不了人的。

杨玉环可以仗着宠爱发脾气，而江采萍，已经是见不得人的那一个。

夹墙内那么冷，也冷不过自己的心。

江采萍知道自己已经没有赢面了。

这之后，江采萍便困守上阳宫。

寥落古行宫，宫花寂寞红。冷宫是不分白天黑夜的，因为同样冷清，同样寂寥。又因为它的寂寥，所以外界的一切声响都被一一放大，然后直直地被呈现到眼前来。

比如这驿马奔跑的隆隆声响。

曾经，她受宠时，除却宫中遍植的梅花，各地也争相进献。忙碌的驿马来来回回，让清冷的梅花都染上了一丝热闹。而如今，熙熙攘攘，都是各地进献荔枝的烟尘。

一骑红尘妃子笑，无人知是荔枝来。江采萍日日旁观，难忍泪流满面。

冷宫孤寂，她突然想起了和自己命运相像、也同样命薄的一位红颜——陈阿娇。

刘彻为汉武帝，陈阿娇为汉皇后。二人青梅竹马长大，也曾一片情深，但最终，陈阿娇皇后之位被废，退居于长门宫。陈阿娇斥千金请一代赋家司马相如提笔陈情，作《长门赋》，以期获得帝王的回首。

江采萍也想效仿，于是赠高力士千金，请他代聘文士为自己作赋，再上呈玄宗，希望能打动他的心。

可江采萍忘了，这大明宫早已不是她受宠时的光景。即便是高力士，也无法冒着得罪杨玉环的风险，为她延请文士。

幸好，宠爱会丢，自己的文采却丢不了。江采萍倔强心起，亲自提笔，洋洋洒洒写了篇《楼东赋》：

君情缱绻，深叙绸缪。誓山海而常在，似日月而无休。奈何嫉色庸庸，妒气冲冲。夺我之爱幸，斥我乎幽宫。思旧欢之莫得，想梦著乎朦胧。

唐玄宗读过《楼东赋》后，虽然对江采萍心生愧意，却没有亲自去看她，只命人给她送去了外国使节进贡的一斛珍珠。

人不来，情已了，世人眼中的珍宝于江采萍看来，不过一缕微尘。江采萍拒绝了这项赏赐，再次提笔，诗歌立成：

桂叶双眉久不描，残妆和泪污红绡。长门尽日无梳洗，何必珍珠慰寂寥。

你不来，这珍珠又有何用。这赏赐，我不要了。

江采萍不会想到，看完诗歌的唐玄宗怅然若失，让乐府拿去配以新曲歌唱，名为《一斛珠》。再后来，《一斛珠》变为词牌名，在李煜、晏几道等妙手词家的笔下辗转，被赋予了永恒的生命。她的故事，也在千载之下变成了传说。

在很多中国人的心中，大唐王朝是个难以言说的朝代。它曾极度荣耀，又在一夜之间跌得支离破碎。将这一切美好毁灭的重击，便是安史之乱。安禄山的铁蹄踏破盛世河山，大唐国祚旦夕间岌岌可危。

“翠华摇摇行复止，西出都门百余里。”黎明时分，唐玄宗只带上杨玉环姐妹，以及少量皇子皇孙、近侍重臣，便和军纪未整的军队仓皇出逃，往西南方避去。余下诸人皆弃之不顾，包括身在冷宫的江采萍。她并不知道，那个曾经爱宠她的男子，已经抛弃了她的生命。

抛弃一位曾盛宠十年的美人，玄宗的心中是否有过挣扎与不舍，早已无人得知。何况被留下如何，有幸跟随又如何？那朵娇艳无双的大唐牡丹，不也凋零在了一方白绫之下？倾国倾城、夜半私语、指天盟誓，最终换来的，不过是君王掩面救不得罢了。

大唐的牡丹凋零了，那株寒梅也魂飞魄散。

后来战乱平定，唐玄宗回到大明宫，曾重金悬赏，希望得到江采萍的踪迹。

某夜，玄宗做了一个梦。梦中时光流转，眉眼盈盈的江采萍，依稀还是刚进宫时的模样。

她轻启丹唇，对玄宗说：“当年你走后，我便被乱军的刀剑所杀，好在有人可怜我，将我埋葬在池塘东边的梅树下。如若你还没有忘记我，便来看看我吧。”

玄宗醒后，赶忙去到梦中所得之处。小心翼翼地将梅树下的泥土清开。梅妃果然被安放在这里，一代红颜草草下葬，肋下还有刀痕，可见临死还受了极大的苦楚。

红颜殒没，权柄蒙尘，玄宗一时间情难自已，放声大哭。之后，他下令以妃礼改葬梅妃，为她亲手写下祭文后，还让人在她墓地的四周种满了梅树。

落梅如雪，轻盈洁白。风一吹，花瓣纷纷扬扬地落下，恍如梦境。

在这样安宁的梦境中，江采萍终于能静谧地睡去，和自己最爱的花朵一起零落成泥，也算一种成全。

不知最后的梦境中，她有没有忆起那个在自家梅林中浅笑吟诗的自己。那时的她没有宠爱与失去，没有摧毁和覆灭，她只是一个不谙世事的小女孩，轻嗅自己最爱的花，笑容明丽，但单纯幸福。

生命尽头若可回望，江采萍于大唐，更像是个过客。

她生错了时代。

大唐雍容华丽，气象万千，珠翠耀目，罗绮缤纷，是属于牡丹的时代。纵然偶尔被她这株寒梅惊艳，最终还是拜倒在浓艳的牡丹裙下。

也许她该生在宋朝，那个清雅、浅淡、简洁，人人都追捧梅花的时代。她会遇见知己，一同品赏梅花的风骨；她会被人珍视，小心守护高洁的品格。

没有王朝倾覆，没有牡丹争艳。她简简单单站在那里，轻颦浅笑，便值得万千宠爱。

可惜没有如果。春风无限潇湘意，欲采蘋花不自由。

终究还是不自由。

霍小玉 HuoXiaoYu

假如大唐群众也吃瓜

文 / 夜观天花板

大唐互娱 V

近日，才子李益@陇西李益的新女友曝光，她是广陵名姬@营十一娘，长得玉润珠媚。这是李益在休掉出轨前妻卢氏@卢氏女后，首次曝光自己的恋情。据知情人士称，李益对待这次恋情相当认真。#李益新恋情##李益营十一娘恋情曝光#

来自美人志 meirenzhi.com

收藏 | 转发 162 | 评论 391 | 点赞 2001

营十一娘 V

谢谢关注，已分手。

当你每次和男友约会时，他都要以“我曾经有个前女友，她做错了一件事，我就用某种办法把她杀了”的原因恐吓你，避免你出轨，你分不分？

当你的男友每次出门前，都要用浴盆把你倒扣在床上，还要在周围加一圈封条，你分不分？

来自美人志 meirenzhi.com

收藏 | 转发 9787 | 评论 4444 | 点赞 2万

热门评论

大唐吃瓜群众甲：没想到李益是这样的人！不分留着过年？**#李益人设崩塌#**

回复 | 1086

李益前侍婢：姐妹分了好。我以前侍奉过李益，他一样猜忌心很重，曾经拿着一把非常锋利的短剑和我说：“剑是信州葛溪产的钢铁锻造的，专门斩犯过罪的人的头！”这些话真是越想越可怕。

回复 | 860

卢氏女

不是大V，无意占用公共资源，但觉得这次有必要出来澄清：

李益休掉我已经有一段时间了，但原因并不是我出轨，而是“他觉得我出轨”。**#不要你觉得要我觉得#**

李益是我的表哥，和我家算是知根知底。他家太夫人当年到我家提亲，我爸妈看他年纪轻轻就中了进士，当上郑县主薄，就想着他家虽然穷点，但以后前途肯定是好的，于是帮我把这门婚事答应了下来。同一年，我们就在长安结婚了。

婚后某一天，具体日期记不清了，反正是个很热的夏天，我跟他回到郑县。才待了十多天吧，有一天正睡觉，我一睁开眼，他正恶狠狠地盯着我。那眼神真的太可怕了，我一辈子都忘不了。

他说看见帐子上映着个陌生男人的身形，大概二十多岁，仪态温和美丽，就藏在帐子里朝我招手。然后他被吓得赶紧起床，绕着帐子走了好几圈，却找不见男子。

反正我觉得是无中生有，但李益从此以后，坚信我和别的男子有不可告人的秘密。他天天怀疑我，对待我的态度也是越来越恶劣。多亏亲戚朋友帮我劝解，他才缓和了些。

哪知道又过了十天，我正在弹琴。李益从外面回来，忽然，不知是谁从门口抛进来一个犀牛角嵌花的盒子，方圆有一寸多，用绢纱打着同心结。这盒子刚好落到我怀里。李益一把就把盒子抢过去打开，只见里面有两颗相思红豆，还有一个磕头蠡、一个发杀觜以及少量驴驹媚。他当场暴怒，如豺狼虎豹一般怒吼，拿起琴就打我#李益家暴#，非让我说实话。

可我根本不知道是怎么回事，不知道是谁在算计我。反正从此以后，李益就经常鞭打我，下手极重，百般虐待。最后他竟恶人先告状，诉讼到公堂把我休掉了。

今天说了这么多，就是想告诉@大唐互娱，以后李益的新闻请不要带上我。我和这个人已经没有联系，也不想有联系，谢谢。

来自美人志 meirenzhi.com

收藏 | 转发 4万 | 评论 5万 | 点赞 12万

热门评论

李益侍妾11号：支持前主母曝光！主母不知道，你走后李益更变态了。他对我们的猜忌嫉妒与日俱增，我们还有小姐妹因为这被他杀了的。#侍妾没人权#

回复 | 2530

我是郑县人：博主说的可能是真的，李主薄在我县任职第十天时，曾请假去东都洛阳省亲。

回复 | 2232

土生土长洛阳娃：卢氏女是我们本地白富美，当年他们那场婚礼花了几百万。李益家一直穷得很，为了结婚到处借贷。凤凰男高攀还这么作。

回复 | 1520

大唐吃瓜群众乙：李益婚前还有个女友啊？谁啊？从来没听说过啊！目瞪口呆！求高人速扒！

回复 | 956

敢说真话的李家家丁：唉，其实当时我们家郎君有个相处几年的女朋友，你们不知道么？只不过太夫人一向严厉固执，郎君回家后看婚约已经定好了，他屁都不敢放一个，乖乖去行礼答谢，约定成婚。卢氏女也是个无辜的，不知情的情况下做了小三。#大唐渣男李益#

回复 | 852

大唐豪侠紫衫客 V

#李益被众前任锤#既然大家都抡了，也不多我这一锤吧！

李益婚前的确是有女朋友的#李益婚前女友#，那个女人很好，李益负了她。

她的名字，叫霍小玉。她是从前霍王的小女儿，深受父亲宠爱，她母亲是霍王的爱婢净持。霍王才死，诸位嫡出兄弟就容不得她，分了些资产，叫她到外面去住。

她姿质美艳，情智高雅，举止超逸。我一辈子都没见过像她那样仙的人，她会音乐，会诗书……没有什么是她不精通的。

霍小玉说“易求无价宝，难得有情郎”，托媒婆鲍十一娘@鲍十一娘—长安说媒找我寻一位如意郎君。

彼时李益二十一岁，刚中了进士，进京参加拔萃科考试，住新昌里等复试。那时候他名气就很大了，有许多脍炙人口的丽词嘉句。十一娘将李益介绍给霍小玉，秋鸿@家僮秋鸿和桂子@桂子小婢也是见证人。

两人恋爱后，相知相亲，仿若翡翠鸟在云端一样幸福愉悦，日夜相随。就这样过了两年，李益登科，被授予了郑县主簿的官职，四月就要上任。任前他会顺路去洛阳探亲报喜，小玉那时已经有预感会被抛弃了，但李益让她别瞎想，承诺到了八月份就会派人来接她。

可是八月、九月、十月……过了夏，过了秋，直到冬天，小玉都没能等来李益的消息。她每回写信询问，都收到李益的虚词诡辩，拖延敷衍，理由天天不同。霍小玉等待了一年多，甚至去找过巫师来帮着占卦扶乩，只为求个真相。因为这事，她忧郁成疾，瘦得不成样子，然而李益却“人间蒸发”，在这期间背着小玉成亲了。

纸包不住火，霍小玉最终知道了。她既怨且恨，找了所有亲友帮忙，千方百计想见李益一面，当面问清楚。但李益竟早出晚归，故意躲着霍小玉。小玉更加伤心，日夜哭泣，饭都吃不下了。她连着愤恨了好些日子，终于被气倒了。

我为小玉抱不平，得知李益在崇敬寺赏牡丹，就带着胡人小童去了。李益这个势利眼，看我的穿着和排场不凡，就表现得客客气气的。我骗他说，我是外戚的姻亲，家就在这附近，早就仰慕他的才华，今日见着了，说什么也要请他去家里坐坐。李益在听到我说家里有私人乐队和歌妓后，就答应了。于是我带他去了胜业坊。

李益心里有鬼，一到坊门口便怕了，推托有事想回去。我哪会放过他，拖着拽着，送到霍小玉家，大声告诉他们李十郎来了！

接着，我便瞧着小玉颤巍巍地走了出来。她病了太久，风轻轻一吹，仿佛就会把她虚弱的身子吹走。她含怒凝视，唇抿了再抿，始终说不出一个字。最后，她回头掩面，这幅场景看得我心如刀绞。

我深吸了一口气，命仆人端了十几盘酒菜进去，给他俩布置好重逢宴。小玉侧着身子，一双眼胶在李益身上良久，而后举杯浇地，述说自己红颜薄命，遇着负心郎，年纪轻轻就要含冤九泉。如今不但供养慈母不能，还要永远抛弃自己拥有的那些绫罗丝竹。

小玉一手抓住李益手臂，一手将酒杯投掷地上，我永远记得她的高呼：“李君李君，今当永诀！我死之后，必为厉鬼，使君妻妾，终日不安！”

然后她就去了。

#女神死不瞑目#

来自美人志 meirenzhi.com

收藏	转发 42万	评论 6万	点赞 30万

热门评论

大唐吃瓜群众丙：这锤太重了！不会是编故事吧？

回复 | 5620

唐朝贵公子：真的假的啊？我怎么不知道前霍王有这么个女儿？

回复 | 4335

鲍十一娘—长安说媒找我V：确认属实。李益自诩风流，遍寻名妓，未能如愿，因此来找老身。老身当时帮他说媒，一来是见其门第清贵，有不少前辈为他背书；二来，他的态度十分诚恳，老身帮他，绝对不是因为他送了丰厚的礼物。老身把霍小玉介绍给他后，他拉着老身的手，不住感谢……唉，老身也是被李益坑了！

回复 | 3621

玄机女道士：您有两句诗给版权费了么？

回复 | 2545

钱三娘扒皮：呵呵，这年头鲍十一娘都出来洗白啦？这人当初是薛驸马家的婢女，如今被赎了身子，嫁作人妇，便专给长安城的皇亲国戚、富家富豪做媒，不知坑了多少好姑娘。

回复 | 2082

家僮秋鸿V：唉，我始终记得我家郎君和霍娘子的初遇。那天鲍十一娘刚走，郎君便吩咐我去他的纵兄——京兆参军尚公那里借青黑马和黄金马笼头（申明，郎君借装备是尊重霍娘子，不是没钱还要炫富）。晚上，郎君沐浴更衣，把自己打扮得仪表堂堂。他高兴得手舞足蹈，整夜没睡着。天刚蒙蒙亮，郎君就开始试头巾。他反复照镜子，一直纠结该戴哪一顶。这一犹豫就到了中午，郎君急忙乘马赶去胜业坊。霍娘子就住在坊里的古寺巷，刚进巷口，那个有车门的宅子便是她家。她家庭院间有四株樱桃树，西北角挂着一个鹦鹉笼。鹦鹉瞧着我家郎君进门，开口便说人话："有人进来，快快放下帘子！"莫说我家郎君生性雅静，惊讶得不敢向前，连我都既疑且惧。

回复 | 1680

桂子小婢V：我来了！我也记得！当时我奉命在门口等候，看见一位俊俏郎君策马近前，我迎上去，问道："莫非是李十郎？"李益跳下马，让我把马牵进后屋，自己则急急锁上门。鲍十一娘当时也在我们家，瞧见李益，还笑他冒失。

回复 | 985

大唐豪侠紫衫客 V

有很多人质疑我上一条。呵呵，我写的每一个字都可以用人格保证。

我在这里统一回复：首先，是因为霍小玉的兄弟们容不下她，不仅把她赶出来，还逼迫她改姓为“郑”。所以大多数百姓不知道霍王有这么个女儿。此外，霍小玉的多情、李益的薄幸都是千真万确的。长安许多豪杰侠客，风流郎君都陆陆续续听说过这件事。我那天去崇敬寺找李益，一开始偷偷跟踪他，听见他的朋友正因为这事谴责他。如果没记错的话是这位@爱民如子韦夏卿，京兆尹大人不仅爱民如子，于私也秉持正义。

来自美人志 meirenzhi.com

收藏 | 转发 34万 | 评论 9万 | 点赞 51万

热门评论

爱民如子韦夏卿V：紫衫客丰姿隽美，为人任侠，本官自叹弗如。那年三月，本官约了几位朋友一道赏花。大家漫步西廊，竞咏诗句，只见风光秀美，草木繁茂。本官那时突然想郑家姑娘还含冤独守在空房中，便将李益骂了一顿。本官不希望看到自己的好朋友这样狠心。说来，郑家姑娘竟然是王女啊！

回复 | 3560

李益表弟崔允明

我这个账号平时用得不多，后台还在认证，但资料已经提交给客服了。

我是崔允明——李益的表弟。那个向小玉姐透露李益婚讯的人，是我。因为我实在是看不下去了！

前些年我经常和表哥一起在小玉姐家聚会。大家吃喝谈笑，互相关系都很好。坦诚讲，小玉姐经常拿些柴草、衣服接济我，受过她许多恩惠，我很感激。

后来他备弃盟约，想断绝小玉姐的希望，便嘱咐了所有亲友不可以向小玉姐泄露他要结婚的事。

更可恶的是，这个时候卢氏女其实一直在长安。她跟小玉姐住得不远，两个人互相并不知道对方的存在。李益后来跑回长安，为了和卢氏成亲，他特意换了一处幽僻的房子，就是怕小玉姐知道。这事儿干得太不厚道，我就把他揭发了！

来自美人志 meirenzhi.com

收藏 | 转发 4028 | 评论 0 | 点赞 7210

该用户已关闭评论

大唐延光公主 V

没想到吃瓜吃到熟人！

霍小玉急切寻访李益消息，花光了资财，不得不让婢女偷偷典当衣裳首饰。那些东西多数都买给了西市当铺侯景先家。

某回，我家老玉工正好遇着霍小玉的婢女浣纱来当物件，老玉工看出来浣沙手中的紫玉钗是他做的——那是霍王小女及笄之物，当时光人工费就花了一万钱。于是老玉工忍不住追问原由，这才知道显贵的霍王之女竟失身于人，而且夫婿李益去了洛阳就再无消息。霍王之女积郁成疾快两年了，却依旧让浣纱把紫玉钗当了，好拿钱继续打探李益的消息。

老玉工年事已高，看到这种盛衰变化，也忍不住难过，便将浣纱带到本宫府上，与本宫详细说了这件事。本宫都听哭了，送了她十二万文。

没想到现在又吃到这个瓜，本宫仍旧忍不住悲叹，真是痴情女遇上薄幸男啊！

来自美人志 meirenzhi.com

收藏 | 转发 3万 | 评论 2万 | 点赞 9万

热门评论

大唐豪侠紫衫客V：多谢公主殿下作证！

回复 | 3742

浣纱小婢V：@桂子小婢@樱桃小婢快来看，公主殿下为我们家娘子伸冤了！

回复 | 2580

侯景先当铺V：霍小玉的确在我这卖了很多二手货。各位小娘子引以为戒，遇上同样的情况，不要再当自己的宝物，要当就当渣男。不对，二手渣男本当铺不回收，建议直接扔垃圾桶……

回复 | 1260

常年蹲大唐瓜田：瓜多得我快吃不下了……“夫婿李益”？好像发现了新的关键字。

回复 | 670

樱桃小婢 V

看到越来越多的人帮我家娘子说话，我们都很感动。

我家娘子早就倾心李十郎的风流才情，经常吟诵他的诗句，比如“开帘风动竹，疑是故人来”。

后来李益到来我们家，见我家娘子容貌俊秀，才情名不虚传，便动了心。我家娘子也对他一见钟情。两人劝酒、唱歌，当晚便住到一起。

李十郎说，“小娘子爱才，鄙人贪色，互相映衬，才貌兼收”。

李十郎还说：宋玉遇到巫山神女，曹植遇到洛水女神，都比不过他遇到我家娘子。

在我家娘子香逝的前一天晚上，她梦见紫衫客抱着李益前来，到了床前让她脱鞋。小娘子醒后，把梦告诉了大家，说鞋就是谐，夫妻会再次会和。脱就是解，相见便要永别。她很快就能和李益见面，见面之后，她就要死了。

夫人和我们都让娘子不要多想，只当她是久病导致神智紊乱。为了让娘子精神些，我们还替娘子梳妆打扮。刚打扮完，李益果然来了。本来娘子缠绵病榻，连转身都需要人帮助，听说李益来了，飞快自个儿下床，换了衣裳走出去。之后，她与李益在筵席上交谈，一举一动皆如回光返照一般。

到最后，娘子力竭而亡，夫人抬起她的尸体放到李益怀里，让他呼唤她，可娘子再也无法醒来。

来自美人志 meirenzhi.com

收藏 | 转发 11111 | 评论 6219 | 点赞 2万

热门评论

常年蹲大唐瓜田：见面第一天就过夜？巫山洛水那都是邂逅啊！李益就没想过长久吧！又一不小心发现了关键。

回复 | 2650

樱桃小婢V：我家娘子本来清楚李十郎是见色起意，一旦年老色衰，就会秋扇见捐。是李十郎口口声称对我家娘子是爱情，许诺“粉身碎骨，誓不相舍”，还让我拿来笔墨细绢，写成文句，用山河日月作比，真心可见，娘子这才一步步愈陷愈深。

回复 | 1625

浣纱小婢V：那年春末夏初，大伙给李益办离开长安的践行宴。我家小娘子再次提到，他这一去前程似锦，肯定会由父母做主，聘娶一位名门望族的正妻。她只求李益能再给她八年十年，到他三十岁，再把她抛弃。到时候，娘子无怨无悔，剪长发，断情思，披黑衣，绝爱恋，一生欢爱，愿毕此期。是李益对娘子发誓，让她别多想，自己无论生死都会守信，跟她白头到老，她只用一心一意在家等他就够了。

回复 | 1543

李益表弟崔允明：明明是表哥的一再承诺误导小玉姐，他自己却背信弃义玩失踪。得知小玉姐重病，干脆狠心割爱！

回复 | 981

陇西李益 V

虽然我有难处，但我对霍小玉的一颗心是真的，誓言也是真的！

永远记得，第一次见小玉的样子。

她从堂东阁子里出来，对我盈盈一拜，那一刻我觉得满室皆是琼林玉树，互相照耀，光辉夺目。

她死后我依然不能忘情，我为她穿上白色丧服，从早到晚悲泣。在她下葬的头天晚上，我忽然又看见她。她就在那灵帐之中，容貌妍丽，看起来与活着的时候别无二致，穿着石榴裙和紫色罩袍，胳膊上松松搭着红绿帔子。她斜靠着灵帐，修长的玉手攥着袖带，哽咽着说“愧君相送，尚有余情”。

她对我下了那么恶毒的诅咒，心里应该是有愧的。

而我却不一样，我依然爱着她，在墓地嚎嚎大哭。直到后来和别人成婚，我依旧睹物伤情。可她的诅咒一直萦绕在我耳边，不放过我，导致我婚姻不顺。她这一番所作所为真是恩将仇报。**#十郎依旧爱小玉##寻解诅咒高人#**

来自美人志 meirenzhi.com

收藏 | 转发 22万 | 评论 2 | 点赞 23

由于用户设置，你无法回复评论。

崔允明的小号：表哥你怎么把我大号拉黑了？

回复 | 10

爱民如子韦夏卿V：吐了，互相取关吧。

回复 | 6

DA TANG BA GUA JIAN BAO

大唐八卦剪报

BaGuaJianBao

文/顾闪闪

突发！

知名女星关盼盼在家自尽，原因竟与他有关

ZHI MING NV XING GUAN PAN PAN ZAI JIA ZI JIN
YUAN YIN JING YU TA YOU GUAN

NO.1

昨夜，已故工部尚书张愔妾侍、才女关盼盼在卧室内暴毙，死因为自杀。

此前，关盼盼居住在云龙山麓的燕子楼上，为亡夫守节，十余年不嫁。薄命红颜香消玉殒，引得无数人为之伤感叹息。

今早，有扒皮号放出消息，宣称关盼盼乃是被“见说白杨堪作柱，争教红粉不相随”这一句诗活活逼死，并将矛头直指该诗的作者白居易，指出他字里行间都在利用舆论，逼迫关盼盼为张愔殉葬。

白居易发言人表示：“此传言并不属实，早前白公在张愔的宴上，确与关盼盼有过一面之缘。白公始终欣赏并尊敬着她，并赠送了‘醉娇胜不得，风袅牡丹花’这样赞美的诗句。但两人并不是很熟，逼死关盼盼一事更是纯属虚构，以上言论乃是对白公的中伤和抹黑，我们将保留追究其法律责任的权利，并在必要时诉诸衙门。”

劲爆！

公主与高僧牵扯不断，皇室丑闻将如何收场

GONG ZHU YU GAO SENG QIAN CHE BU DUAN
HUANG SHI CHOU WEN JIANG RU HE SHOU CHANG

NO.2

前线记者冒死为您带来最新报道。今天，是高僧辩机腰斩的日子，行刑场面极为惨烈。辩机之死，也宣告这场震惊长安政界的惊世丑闻正式落下了帷幕。众所周知，辩机和尚曾随玄奘法师编撰《大唐西域记》，其人俊秀英飒，器宇不凡，志存高远，一心致力于佛法，修为高深；而高阳公主更是金枝玉叶，已下嫁邢国公之

子房遗爱。这样的两个人如何纠缠到一起？目前没人能给出准确的答案。

据传，高阳公主是在狩猎途中与辩机和尚相识的，二人相爱后，公主还送给辩机一只御赐的金宝神枕作为定情信物。没想到阴差阳错，这只金宝神枕竟意外被盗。盗贼被捕后，老实地交代了枕头的来路，办案人员敏锐地意识到俭朴的辩机不可能有这种贵重之物，奉旨追查，事情的真相才渐渐浮出水面。

目前，公关部门正在全力封锁消息，恐怕对此事的报道将到此为止了。不过在此之前，我们有幸采访到了当事人高阳公主，高阳公主面容倔强，自言无悔改之意。当记者问及今后如何修复与今上的父女关系时，高阳公主冷笑道：“从没想过修复。”

人设崩塌？

清官韦应物发文自诉早年不齿经历

QING GUAN WEI YING WU FA ZI
ZAO NIAN BU CHI JING LI

NO.3

清正爱民、被尊称为“韦苏州”的诗人韦应物近日发文，承认早年曾有过一段难以启齿的“黑历史”。

他坦言，自己少年时曾仗着家世显赫，横行乡里，无恶不作。“身作

里中横，家藏亡命儿。朝持樗蒲局，暮窃东邻姬。司隶不敢捕，立在白玉墀。”（《逢杨开府》）

此文一发，便在朝野引起轩然大波，许多诗粉都哭诉自家墙塌了。

不过，还好安史之乱后，韦应物便洗心革面重新做人。他的许多亲友也力证，韦应物确实是改变了，更有知情人士透露，玄宗皇帝入蜀后，韦应物失魂落魄，流落在外，绝食几日后，终于大彻大悟，从零基础开始读书，立志报效国家。

在强大精神力的支撑下，韦应物进步惊人，竟从无所事事的文盲蜕变成为了一名能与王维、孟浩然并称的杰出诗人，写下了“独怜幽草涧边生，上有黄鹂深树鸣”这样的传世佳句。

他为官一方，勤勤恳恳，即便自己身患重病，还忧心百姓田地，自责没有尽到地方官的职责。如今他的辛勤和汗水也得到了当地百姓的尊敬与感激，可叹浪子回头金不换。

男神收割机李治：只要保养好，男友在赶考

ZHI YAO BAO YANG HAO NAN YOU ZAI GAN KAO

NO.4

没有人可以永远年轻，但李治的男朋友可以。

李治，何许人也？玉真观中女道士。你要是觉得女道士都是清汤挂面一般的气质，那你可就大错特错了，

李冶的原则是：大胆撩汉，永不止步。岁月一天天流逝，李冶的男朋友却换了一茬又一茬，并且一个比一个的有名、有颜、有气质。茶圣陆羽为她煮过茶，才子刘长卿为她吟过诗，就连不染尘俗的高僧释皎然也曾在她的热烈追求下心旌摇动，无数名士争相拜倒在她裙下，乃至于她的艳名与才名竟惊动了当今皇帝。或许在他人的眼中，李冶是一个纯粹的“渣女”，但与她交往过的那些大人物却都对她赞不绝口，也许这正是她的魅力所在吧。

没有人知道李冶恋情的终点在哪里，也许对她来说，最好的恋人永远是下一任。当被问到驻颜秘诀的时候，李冶笑称：“才情是女人最好的保养品。”

震惊！

夫人当场饮下御赐毒酒，陛下和房大人都傻眼了

FU REN DANG CHANG YIN XIA YU CI DU JIU
BI XIA HE FANG DA REN DOU SHA YAN LE

NO.5

近日，我朝某位房姓大臣内宅发生了重大家庭纠纷，场面鸡飞狗跳，轰动了京郊四邻。据爬墙围观者透露，房夫人拳脚利落，对房大人进行了由点到面的殴打，并直接将房大人带回

的两位御赐美人赶出了大门，丝毫不留情面。为了保护当事人隐私，我们对其姓名进行了打码处理。

不愿透露姓名的房大人："这个妾我说我不想纳……陛下偏让我纳。"

今日下朝后，今上与房夫人就是否让房大人纳妾一事，进行了严重争执。甲方（今上）认为，寻常人家男子三妻四妾都是寻常，更何况房官至宰相；乙方（房夫人）则表示："你很多事诶！除非我死掉啦，否则他纳妾想都不用想，腿儿给他打折掉了啦。"

最终，今上盛怒之下，勒令房夫人在以下两种结果中做出选择：要么，将两个美人领回去；要么，这有一坛毒酒……

房夫人拿起毒酒，眼睛眨都没眨，仰头就给闷了。

房大人目瞪口呆。

随后房夫人脸色急变，转身就开始吐。房大人抱住妻子嚎啕大哭："夫人，你这是作甚？你不要丢下我啊……"还没哭上几声，就觉鼻端酸酸的，英明多谋的房大人这才意识到，原来坛中的并不是毒酒而是醋，这只是今上的一个玩笑。

总的来说，房大人夫妻的感情还是很好的，对于这次事件，大家怎么看呢？不知道 # 吃醋 # 这个词条会不会登顶年度关键词？让我们拭目以待吧。

AI DOU

当朝爱豆排行榜

文 / 夜观天花板

近日，在本刊举办的“大唐最受欢迎男神”排行活动中，有数万大唐小娘子们踊跃参与投票。令人意外的是，让我们大唐公主都迷恋上的男神王维竟三甲不入，而有“大唐第一痴情男”之称的元稹也只是屈居第三。这不禁更让人好奇，冠军会是谁呢？

快来看看公布的最新榜单吧！你家爱豆有没有进榜、名次有没有上升呢？

PAIHANG

李白

守护值：309812

点击关注 > 私信

流量作品 《静夜思》《望庐山瀑布》《将进酒》

上榜理由 李白若在大唐诗人中自称第二，没人敢称第一。他一生游历名山大川，醒时交友，醉时做诗，是浪漫主义谪仙人。

FENSIBANG 粉丝榜

杜甫［铁粉］［李白超话明星大咖］：

我家李白大大最棒！日常刷屏闭眼夸！“笔落惊风雨，诗成泣鬼神。”——《寄李十二白二十韵》；春天来了，给我家大大打榜——《春日忆李白》；冬天下雪，不禁想起我家大大——《冬日忆李白》；今天做梦也梦到大大了——《梦李白二首》；大大被流放了，我好担心啊——《天末怀李白》。虽然仅仅在年轻时见过大大两面，但我这一生都忘不掉大大的容颜！

孟浩然［李白超话明星大咖］：

可惜太白只爱我，“吾爱孟夫子，风流天下闻”。杜拾遗，你终究是错付了……

唐玄宗［黑粉头子］［反李白超话主持人］：

唉，想当年，朕追李白追得多诚心。他进宫那天，朕可是亲自步行迎接，赐他七宝床与朕面对面吃饭，亲手给他调羹……唉，过去的事不说了！后来他也太目中无朕了，醉酒不朝，高力士他们都给朕发李白的扒皮贴，久而久之朕疏远了他。这些年，他在外地写的诗朕都读了，如果他肯回来……

魏颢［私生粉］［李白超话粉丝大咖］：

作为李白大大头号私生粉，我对大大的爱慕，就像司马相如倾慕蔺相如，王子猷欣赏戴安道。不过王子猷访戴安道，是乘兴而至，尽兴而归，始终没打扰戴安道。我就不一样了，我崇拜李白大大，从王屋山追到天台山，在没有飞机高铁的年代，从河南跋涉到浙江，我容易吗？最后我一直追到扬州，才终于见到我的偶像。大大不仅给我签了名，还送给我一首《送王屋山人魏万还王屋并序》，这可是属于我的专属礼物哦！我已将多年追星的行程写成《李翰林序》，包括大大进京出京的原因哦！我上头的那位，你要不要读一读？

崔颢［路人黑］［反李白超话签到］：

楼上，你原来叫魏万，为什么改名魏颢？这对比的微妙感，似乎你家大大的《登金陵凤凰台》与我的《黄鹤楼》，也是这种对比……咳、咳！

高适［粉转黑］：

作为杜甫的兄弟情好友，我之前被安利了李白大大，和他关系还不错，还曾“醉眠秋共被，携手日同行”。可后来我和他终究形同陌路。他向我写了一篇《送张秀才谒高中丞并序》求援，我却对他爱理不理，让他高攀不起。这到底是怎么了？我想，大概都是安史之乱的错……

杨贵妃［曾经的女粉］［反李白超话签到］：

我拿你当偶像，你拿我当女神。我发你好人卡后，你写“借问汉宫谁得似，可怜飞燕倚新妆”是什么意思？

杜甫

守护值：187333

点击关注 > 私信

流量作品 《望岳》《春望》“三吏”“三别”

上榜理由 杜甫被称为“诗圣”，是现实主义不浪漫诗人（虽然他的偶像是浪漫派NO.1）。

FENSIBANG 粉丝榜

高适［壕粉］［杜甫超话明星大咖］：

作为杜甫打赏榜第二名，我给他刷的火箭从来没断过。严武死后销号，杜甫转头就来投奔我了。放心，虽然对于李白，我粉转黑，但我是杜甫这一生的粉丝，不离不弃！子美放心飞，高适永相随！

张籍［铁粉］：

我只不过是把杜甫大大的周边诗集烧灰拌蜂蜜，做点美食，泡点水喝，你们就说我是脑残粉？

严武［一粉顶十黑］［杜甫超话主持人］：

作为一名杀人少年（8 岁时把老爹的小妾锤死了）、夺命青年（引诱邻居小姐姐私奔，然后把她勒死抛尸）和暴戾中年（山高皇帝远的剑南节度使，曾带兵大胜吐蕃），大家都不希望看到杜甫有我这个粉丝。你们的李白大大，讽刺我是“磨牙吮血，杀人如麻”的毒蛇猛虎，让大家“锦城虽云乐，不如早还家”。呵呵，我偏要把杜甫留在成都，让他做幕僚，推荐他做工部员外郎。“杜工部”的名号都是因为我才得来的！哼，偏要你们天天看到我支持杜甫！说起来，我脾气不好时，连偶像都杀！不怕你们知道，杜甫有一回迎接我时没戴帽冠，还有一回直呼我父亲的姓名……这些都让我对他起了杀心，不过我最终也没杀他。我死时，杜甫哭得很伤心，还给我写了首《哭严仆射归榇》，毕竟我是粉丝打赏榜第一名。

王维［出道同期生］：

我可不是同行相轻，只是想提醒一句，公元 758 年的诗词大会，杜甫拿倒数第一名的事大家还记得吗？（顺嘴一提，大会第一名写的“九天阊阖开宫殿，万国衣冠拜冕旒”是真惊艳啊！）

匿名杜甫超话粉丝：

我和楼上那位一样，都是先粉上美食博主杜甫，后粉上诗人杜甫。“碧鲜俱照箸，香饭兼苞芦”，来个凉拌时蔬！“鲜鲫银丝脍，香芹碧涧羹”，这可真是米其林级别的精致佳肴！“豉化莼丝熟，刀鸣鲙缕飞”，杜大大笔下肥鱼究竟有几种做法？“沈浮乱水玉，落刃嚼冰霜”，最后来吃个瓜吧……

元稹

守护值：105210

点击关注 >　私信

流量作品　《离思》《遣悲怀三首其二》

上榜理由　元稹是新乐府KOL。身为鲜卑王室后裔的他拥有混血颜值，以痴情人设吸引众多女粉。

FENSIBANG 粉丝榜

白居易［元稹超话主持人］［新乐府KOL］：

我身为大唐诗歌流量 TOP3，大号亲自上线，给我的好兄弟元稹拉流量。来，我的粉丝们，卖炭翁、琵琶女，甚至贵妃娘娘……都粉一下元稹啦！把他的排名再往上提一提！我在这里要强调一下，虽然元稹对我“垂死病中惊坐起”（《闻乐天授江州司马》），我却做梦都梦到与他同游，“君埋泉下泥销骨，我寄人间雪满头”（《梦微之》）；虽然我们有“金石胶漆”的三十年情意，他死了我也不愿意独活，但我们“元白 CP”是清清白白的封建主义兄弟情！你们不要脑补！我是有樊素小蛮的人！元稹有韦丛崔莺莺薛涛……唉，唉，元稹你怎么把我的麦掐掉啦？！

韦丛［老婆粉］：

我是元稹的妻子，太子少保的女儿。我下嫁元稹时，他只是一个刚刚高考落榜的穷二代，但我很看好他。后来他果然拜相了——不过那时候我已去世许久，但老公始终记得我们恩爱的时光，他说“曾经沧海难为水，除却巫山不是云”，他说“惟将终夜长开眼，报答平生未展眉”！元稹，虽然我在和你共度的七年时光中，都一贫如洗，但我甘之如饴！

刘采春［女友粉］［大唐影后］：

韦姐姐，我懂你。与元稹初相识时，我在绍兴演戏，万人空巷；他身为父母官，亦来观看。他给我写影评，是我的粉丝，而后，我们轰轰烈烈地坠入爱河。并在浙江相爱相守了七年。虽然最后无疾而终，但我永远忘不了他写给我的《赠刘采春》。

薛涛［女友粉］［大唐女爱豆 薛涛笺品牌创始人］：

本人大概是唯一一个比元稹年纪大的前女友？我还大了他十一岁！虽然我们也是以分手收场，但我同样忘不了他，尤其是他写给我的那首《赠寄薛涛》。想他的时候，我会在心里反复默念这首诗。

崔莺莺［女友粉］：

韦妹妹，薛姐姐，刘妹妹，都醒醒吧！写几句诗就能立住深情人设啦？我是元稹上京前的初恋女友啦，想来我也是白富美，只是没有权势。凤凰男想做官，就找着韦妹妹啦！你们耗尽青春，特别是韦妹妹，还搭上了女方的家业为他铺路，值得吗？不过我也没好到哪儿去，元稹把他和我私会的经历写成《莺莺传》，后世 2.0 版本就是《西厢记》。我和他的那点事儿被曝光了一千多年，惨不惨？

WANG

王维

守护值：99002

点击关注 >　私信

流量作品　《相思》《山居秋暝》《送元二使安西》

上榜理由　王维是佛系始祖（诗佛），还是大唐山水田园博主。他的作品充满画面感，可谓“诗中有画，画中有诗”。

FENSIBANG 粉丝榜

裴迪［王维超话主持人］：

自从王维买下宋之问的辋川别业后，我就和王维同居在别业里——咳咳，是共同居住。我俩看星星看月亮，从诗词歌赋聊到人生哲理，他写《竹里馆》，我写《竹里馆》；他写《鹿柴》，我写《鹿柴》。我们还把诗歌整理成《辋川集》联合出版，单身野狗都不敢闯进来。我俩的兄弟情，好得不需要显微镜就能看出来。他对我说：“常忆同携手，携手本同心。”（《赠裴迪》）。后来我离开别墅，回到家乡。到了春天，他还给我发消息，问“倘能从我游乎”。这便是我俩的“陌上花开缓缓归”。

孟浩然［王维超话粉丝大咖］：

我发现本人参与的超话真多，嘿嘿，谁叫大家都“爱”我呢？“王孟 CP”也是有名的。我和王维大大的诗唱和过不少，什么《留别王维》《哭孟浩然》……不过我印象最深的，是有一年我高考落榜，王维给我写了首诗。他在诗里劝我科举当官套路深，太辛苦，不如回家种田。要不是因为我知道他是高考状元，我真的要信了。

晁衡［王维日本后援会会长］：

作为一名日本留学生，我非常崇拜王维大大。当我要回国时，大大还担心海上风大，我会旅途不顺，还给我写了一首《送秘书晁监还日本国》。顺嘴一提，我也是李白日本后援会的会长，我还给他送过应援的衣裳。李白大大比王维大大反应更强烈，他直接以为我沉船死了，很是伤心，还写了一首《哭晁衡》。后来我又活蹦乱跳出现在长安，谣言才不攻自破。

玉真公主［绯闻女友］：

有人说，王维高考想走捷径，以艺术生的名义给本宫唱了首《郁轮袍》，我就给他开后门保送了。这……本宫有权保持沉默。还有人说，本宫和王维有不纯洁的男女关系；还有人说，李白跟本宫也是这种关系。难道李白和王维与我身为同时代的人，就不能和我唱和？无稽之谈！你们等着收律师函吧！（PS：# 王维公主 李白 # 的热搜怎么还没降下去？本宫水军白买了？！）

安禄山［大燕经纪公司CEO］：

都说王维转会到我司后，口碑一落千丈，掉粉掉得厉害？粉丝还怪我坑了他？拜托，他以前的那个大唐经纪公司，CEO 玄宗都跑路了好么？他在那儿的待遇根本比不过在我司！什么，你说王维来我司后非常委屈，天天闹着要解约？这倒却有其事，他还写了首《凝碧池》，说“百僚何日再朝天”。哼，肃宗继承家族企业后，他果然跑回去了。

温庭筠

守护值：32007

点击关注 > 私信

流量作品 《商山早行》《过陈琳墓》《苏武庙》

上榜理由 温庭筠的辞藻华丽，秾艳精致，是花间派创始人，擅写女主视角诗词。他还是大唐高考工具人。

FENSIBANG 粉丝榜

令狐绹［反温庭筠超话主持人］：

温庭筠这个人，老阴阳师了。他原本约定为我代笔二十首《菩萨蛮》，我前脚献给陛下，他后脚就说都是他写的。陛下问怎么对“金步摇”，我对不出来，他张口就来“玉脱条”，还说“玉脱条”取自南华经，并不是什么冷僻的书，劝我多读点书？他还特意说一句“中书省里坐将军”，言下之意是怪我这堂堂大唐丞相，像个没文化的武将！他还卖惨说我欺负他，使他落第，连作“因知此恨人多积，悔读南华第二篇”“终知此恨销难尽，辜负南华第一篇”来污蔑我！要不要这么绿茶啊？温庭筠，我一生之敌！

李商隐［温庭筠超话明星大咖］［“温李”CP当事人］：

虽然当年就是因为你约我去长安旅游，我的初恋女友才会另嫁他人，但我不怪你，谁叫我们是一个团（婉约派）的呢？我哭着给你写的那首诗——《闻著明凶问哭寄飞卿》，你收到了吗？对了，我的另外一个CP——“小李杜”中的杜牧，他说很欣赏你，想面基一下，地点时间我发给你了，收到回个消息。

鱼玄机［女友粉］［大唐女权KOL］：

老师，我都不嫌你丑了，你怎么还不喜欢我？初恋被拒也就算了，你怎么还把我推进李亿那个火坑？没有你，也许我不会变成现在这副模样……

大唐考生甲［铁粉］：

温大大是我们全体大唐考生的偶像。大唐高考，会给每个考生发三根蜡烛，蜡烛燃完时，要完成八韵的诗赋。这么点时间对于普通人来说根本不够。但偶像竟然能不打草稿，信口吟诵，成为“温八吟”。他一叉手即成一韵，八叉手即能写完交卷，因此又被称为“温八叉”。可惜因为奸人作梗，大大年年落榜，所以只能年年高考。不过也多亏了这样，临铺的考生都不需要自己答卷，温大大都能在一边指教代笔。后来他身为“枪手”的名气大了，考官单独给他搬个小板凳，让他在独立考场里答题。但上有对策，下有大大口授传答案。跟着偶像走，考场九十九！我们这些通过大大的帮助入仕的，一定不会变成令狐绹这样的人！守护最好的筠筠！

CHAPTER THREE

FASHION BEA

休闲娱乐

XIU XIAN YU LE SHI SHANG YING YIN

时尚影音

CHAPTER THREE

第三章

FASHION BEAUTY

YingYin

XIU XIAN
YU LE
SHI SHANG YING YIN

G O N G S U N D A N I A N G

公孙大娘

文/顾闪闪

个性签名

衣饰琳琅，
尽展盛唐舞动之美

职业

大唐首席剑舞艺术家

ID

@别爱我没结果
除非剑舞跳过我

坦领上襦：大方秀出绝美好身材

公孙：姐妹们，时代变了！不必再遮遮掩掩，是时候大方露出蝤蛴美颈了！

与传统的交领不同，坦领更类似于胡服，胡服的特点我们都知道——舒服！不过这种服制在包容的我朝流行开来后，也染上了盛世的特色，变得更加典雅和精致，成为宫廷常服的指定款式。

坦领与半臂搭配，是盛唐最潮流的上襦设计。布料选用纱罗，点缀刺绣，不但显脸小、显脖子长，穿着者还能大胆露出锁骨和雪肤，尽情展现好身材。如果你觉得穿坦领脖子空荡荡，那么请继续往下读。

璎珞：
华丽！谁说“佛系”就是荆钗布裙？

公孙：拜托各位达官贵人下次炫富时，能不能别再拿些钗环耳坠出来显摆？人家真正的豪门现在都流行佩带璎珞。

说起来，这宝贝还是天竺舶来品，戴在脖颈上的被称为“璎”，戴在身上的被称为“珞”。最高端的璎珞，往往采用那些你见都没见过的原料制成。由金、银、颇簝、琉璃、砗磲、玛瑙、珍珠串连成的“七宝璎珞”就是其中代表。

除此之外，还有杂宝璎珞、摩尼珠璎珞、如意珠璎珞等，光是所用珠宝的量就让人咋舌。走起路来，丁零当啷都是钱的声音，望之令人目眩神迷，堪称奢侈品中的奢侈品。

早期经玄奘法师安利后，璎珞就小小地火了一把；加之“皇家梨园歌舞团”全力推广，如今可算是爆品了。小女子曾有幸在兴庆宫观赏过一次歌舞：一曲舞罢，满地都是璎珞散落的珠翠，陛下和贵妃娘娘连眼皮都不低一下，可能这就是真正的“壕”吧！

染甲：精致丽人，就是要从头美到手指尖

公孙：璎珞太昂贵，你消费不起？没关系，教你一个办法无成本变美！

你只需要准备凤仙花一丛，将它的花瓣放在石臼中细细捣碎，再用绢帛布料将其敷于指甲上。如此三四次，你就可以拥有杨贵妃同款美甲啦。染过的指甲色若胭脂，不仅娇艳亮丽，更能衬得手部肌肤细嫩，十指纤纤。不管你是平民少女、还是名媛贵妇，都可以瞬间拥有这样的染甲！不过行动晚了，可能就采不到凤仙花了哟。

走进“梨园有你”总决赛

文/夜观天花板

各位长安百姓好，相信最近大家固定的周末活动都是看“梨园有你”吧？这个节目几乎刷屏了所有长安人的朋友圈，错过的小伙伴是不是觉得都跟不上最近流行了呢？

一转眼，“梨园有你”已经到了总决赛了，剩下的诸位小娘子知名度都算出圈了吧？那么你最看好谁？

一起来看看吧！

舞蹈担当 公孙大娘

GONGSUNDANIANG

公孙大娘，许州人，芳龄20岁。之所以叫“大娘”，是因为她是家中长女，这个称呼与年龄无关。她在前几次公演均处于C位，目前的人气在“梨园有你”众多选手中排名第一，可以说是最炙手可热的参赛选手了。

其实公孙大娘练舞很多年了，在参赛前就已积累了不少的人气和粉丝。当年她还是素人时，常常在街头巷尾舞剑谋生，引得成千上万的百姓围观。有一回，围着公孙大娘的百姓太多了，把路都给堵了。有个官员正好路过，心想：明明不是上下班高峰，怎么还堵车啊？他不由得心生怒气，下车朝人群走去，正要发作，却瞧见公孙大娘的舞姿。于是他心头一滞，目光凝在公孙大娘优美的舞姿上，渐渐忘了时光流逝。等她的表演已结束许久，官员才反应过来，忙追过去，将公孙大娘带到皇宫为玄宗陛下表演。公孙大娘就这样被“挖掘”了。

在参加“梨园有你”前，公孙大娘曾参加过专业的舞蹈比赛“梨园杯”，从八千余名参赛选手中脱颖而出，一举夺魁。“梨园杯”的导师玄宗陛下曾点评她是“唐宫第一舞担，无人能比”。之后每年千秋节，玄宗陛下都会让公孙大娘在勤政楼下舞剑，这已经是固定的表演节目了，看过的人纷纷点赞。所以此次，公孙大娘虽然是以练习生的身份参加“梨园有你”，但她的实力是不虚的，在 dancer 这一块完全具备出道的实力。

近年来，坊间的热门网红舞蹈有《剑器》《胡旋》《绿腰》《春莺啭》《凉州》等等。其中，《剑器》的热度排名第一。不过，只要一提到这个舞，大多数人脑海里冒出的还是公孙大娘的《西河剑器》舞，这也是她的爆红代表作，相信很多人都循环观看过。

她的《西河剑器》同其他人跳得不一样。她不仅在传统剑舞的基础上做了改编，而且在舞蹈中显示出强大的技巧和爆发力。只见她舞步矫健，犹如帝骖龙翔；偶尔还会来几个弓步支撑，仿佛后羿引弓，一箭射下九个太阳。而她对手上剑的力道和速度的控制也是极佳，“来如雷霆收震怒，罢如江海凝清光”，台风干净利落，整段剑舞表演又燃又炸！

除了《西河剑器》，公孙大娘还有一些舞蹈也非常精彩，例如《邻里曲》和《裴将军满堂势》。说起来，《裴将军满堂势》是公孙大娘根据裴旻将军的剑法改编的一段剑舞。这个表演需要公孙大娘跳满全场，猛厉无比！其中最精彩的部分，当属“剑圣”裴旻最出名的那段“掷剑入云，高数十丈，若电光下射，旻引手执鞘承之，剑透空而入”。不过长安有些持着列文虎克显微镜的小娘子们发现了不对劲：为什么公孙大娘这么了解裴旻？为什么裴旻把祖传的剑法教给公孙大娘？他又是什么时候传授的呢？这些幕后消息让公孙大娘失去了部分长安小娘子粉丝。

不过这并不影响一大堆有影响力的男粉 KOL 为她打 call。例如大唐男神榜

TOP2——诗圣杜甫。杜甫是她的事业粉和自来吹，曾公开赞扬“昔有佳人公孙氏，一舞剑器动四方”。与“剑圣”裴旻并称“大唐三绝”的“草圣”张旭，也表示公孙大娘是他书法的灵感缪斯。“画圣”吴道子还表示，自己经常从公孙大娘的舞姿中找灵感，创作出优秀的绘画作品。

最佳VOCAL
许和子
XUHEZI

许和子的人气在“梨园有你”目前的选手中排名第二，是公孙大娘最有力的竞争对手。她出生在永新的一个音乐世家。因为父亲是一名乐工，所以许和子从小耳濡目染，具有极高的音乐素养和能力。后来，许合子通过层层选拔，进入了咱们的玄宗陛下设立的左右教坊（大唐娱乐经纪公司）。她在宜春院分部任职，按照籍贯将艺名改为“永新娘子”，并加入“内人”女团。通过她自己发的一些工作照，我们可以看到：宜春院在承恩殿和宜秋院旁边，三面临水，一面靠山，工作环境风景非常的好。而且内人女团虽然有很多成员，但许和子在给陛下表演时，都是站第一排的，属于“前头人”。

不过这次，许和子虽然是由公司选送参加“梨园有你”，但是她是以个人身份参赛的，所以她用真名报名。她本人长相甜美，嗓音圆润，唱的歌多是江南小调，非常的温婉，与公孙大娘的风格截然相反，两位练习生吸引到的是两拨完全不同的粉丝。

值得一提的是，虽然许和子多唱抒情歌曲，但她本人的实力是不容小觑的。她的VOCAL能力非常强，在高音方面可以唱到8个C，可谓“喉啭一声，响传九陌”，极具穿透力。就她之前参加的数档音乐节目的表现来看，许和子是个非常善于表达歌曲思想和意境的歌手，经常把听众唱得热泪盈眶。此外，她还爱结合当下潮流，为一些脍炙人口的老歌做改编，创作能力不容小觑。

相信大家都看过许和子和李谟那场合作表演——李谟为许和子伴奏。等许和子歌唱完，李谟的笛子也裂了。过了多年，这场表演仍被纳入“十大Live现场”，底下一水的点赞评论：“国家队出场就是不一样。”

说起来，大唐第一 Live 现场也是属于许和子的。天宝十二年的千秋节，本来是要开千秋晚会的，但底下围观的百姓人声鼎沸，秩序混乱，陛下在勤政楼上讲话，莫说别人听不到，连他自己都听不到。杨相国下令维持秩序，但收效甚微。还是高力士建议让永新娘子出来唱歌。她一出来，一开嗓就是响彻天际的高音，直接压过乐队，全场安静。陛下当时很高兴，赞赏“此女歌值千金”。

从此 # 永新善歌 # 就常年挂在热搜了。本朝其他音乐点评家也给了许和子极高的评价，说战国的韩娥、汉代的李延年去世后，数百年再没有可以称作歌坛天王天后的人物，现在找到接班人啦——那就是许和子！

她的粉丝团也是人才辈出，目前已为自家偶像推出了应援歌曲《永新妇》。但据小道消息透露，许和子因为受到陛下赏识，且卷入了贵妃娘娘和梅妃娘娘的争斗，因此被贵妃娘娘记恨。贵妃娘娘是本次“梨园有你”的导师，她可能不会允许许和子在决赛夺冠。据说，水军已经在大唐第一男神李白和许和子合作词曲的《清平调》上做文章，放出两人的花边黑料了……

舞台王者
念奴

虽然目前念奴的票数在“梨园有你”选手得票数中排行第三，但她和第一、第二还是有明显差距的，因此她斩获 C 位的可能性不大。但是念奴出道还是有极大希望的——毕竟她在声乐方面的实力的确不容小觑。

念奴同样来自教坊“内人”团，是许和子的同团队友，据说当时还是团内 C 位，比许和子初排位高呢。与许和子的甜美不同，念奴的声音嘹亮、清澈，如涓涓清流。唐玄宗曾赞不绝口：“念奴每执板当席，声出朝霞之上。”（看来玄宗是一个高音爱好者。）

大唐知名男神、最近人设受到质疑的元稹回忆，每年辞岁宴时间一长，宾客

就不耐烦了，各种叽叽喳喳、吵闹喧哗。严安之、韦黄裳等人去维持秩序，都不能压下声音。乐队没法吹奏，只能罢演。于是，玄宗陛下命高力士在楼上大呼：“下面轮到念奴的独唱，由二十五郎吹小管篴伴奏，大家愿意听吗？”大家这才慢慢安静下来。

这个故事是不是有点似曾相识的既视感？好像在刚刚许和子的故事里听过？咳咳，我们要相信元稹男神的人品，他甚至写下一首《连昌宫词》来记录这次念奴的 Live——“力士传呼觅念奴，念奴潜伴诸郎宿。须爽觅得又连催，特敕街中许燃烛”。看来，作为内坊女团 C 位，念奴非常为陛下看中，享有许多特权。此外，念奴的高音和许和子有得一拼，曾被盛赞“飞上九天歌一声，二十五郎吹管逐”，可能优秀的人总是相似的吧。不管怎样说，念奴可爱漂亮、楚楚动人，舞台魅力一百分！我们还是希望她能在成团之夜出道！

仙气门面
谢　阿　蛮
XIEAMAN

谢阿蛮的票数一直同念奴胶着不下，她最大的优势是极具辨识度的混血颜。谢阿蛮虽然是临潼人，但她有着胡人血统，在“梨园有你”众选手间十分出挑。

谢阿蛮在主题考核时跳的《凌波舞》，应该是很多人的经典回忆，也是“梨园有你”点击量前几的节目。在那个节目中，谢阿蛮穿着纱罗羽，在波涛起伏的水面翩翩起舞。只见她舒广袖、展披帛，仙气满满，俨然就是凌波池中卫宫护驾的龙女，试问谁又不会为龙女心动呢？谢阿蛮的这场《凌波舞》，由贵妃导师亲自弹琵琶伴奏，并请来宁王李宪和流量明星李龟年助演。两人一个吹玉笛，一个吹筚篥，十分吸睛。且谢阿蛮同这些大咖合作，竟一点都不怯场，很多人都为她在舞台上的自信态度喝彩。

不过说来，虽然谢阿蛮与许和子、念奴同属大唐娱乐经纪公司，却不是“内人”，且得到的资源远胜其他两位……这些难免会让人怀疑——最近几天，有记者深扒出来：谢阿蛮原来是贵妃娘娘的贴身侍女。因为谢阿蛮每次跳舞时，其胳膊上露出的臂环，被人认出是定制的“红粟玉臂友”，这是贵妃娘娘的私物。大家纷纷猜测，在谢阿蛮参加“梨园有你”前，贵妃把红粟玉臂友送给了她。

这层关系很快引起争议，很多人怀疑比赛有黑幕，可能节目已经预定了谢阿蛮做C位。长安的街头巷尾也有许多议论，说这么多大咖为她背书捧场，谢阿蛮就算不内定，也能保送出道啊。所以这几天关于#谢阿蛮退赛#的热搜一直居高不下，我们不了解实际情况，这里就不多说了。

（约公元 664 年 – 公元 710 年）

武 则 天

职业

才人，昭仪，天后，女皇

ID

@华夏第一女帝

个性签名

气场全开，
有种时尚叫“武周”

文/顾闪闪

高髻：
尔等呼我女皇陛下，我教尔等梳高髻

武：大唐女子的发髻为什么那么高？今日朕就给尔等普及一下这项常识。

初唐时期，虽然高耸的半翻髻已经面世，但总体发髻的高度还算比较克制，延续隋朝的低平款。一直到太宗时期，发髻高度和生活水平一起上涨，最高可达到一尺以上，长安靓女从此告别内增高。

这种风气很快引起了大臣们的不满，大家纷纷上奏，要求圣上出面管管。太宗皇帝作为一名兼听则明的直男，不明白女子为什么把发髻梳那么高，便跑去向近臣令狐德咨询。令狐德笑道："这还不简单？陛下您想想，'头'就是'首'，身体没有哪处比它更首要的了，女孩子当然要花上十分的心思去装扮。"

太宗皇帝深以为然，也没有搭理那些老夫子，只对他们说："有闲工夫对女生的发型指指点点，先把国民经济水平搞上去好不好？送尔五个字，管好你自己。"

花钗：
红毯必备，摇曳生姿

武：梳那么高的发髻，自然不能少了配饰，否则岂不成了一座高高的炭山？

作为整个王朝最爱珠宝的女人，朕容许你们不知道臂钏、梳栉、华盛……但珠宝中的王者——花钗，尔等可千万不能错过。听婉儿说，在国民智力水平高度发展的我朝，竟还有女子分不清簪和钗的区别？

“看股数”这三个字，朕已经说倦了。

簪，也被称为“笄”，就是代表成年的及笄礼那个笄，只有一股；而钗，则是由两股簪子交叉组合成的，也正因如此，钗也成了恋人之间的定情信物。作用上，簪主要起到固定发髻的作用，而钗更多用于装饰，所以也称为花钗。

我朝对后妃与命妇的礼服和所插的花钗数，都进行了明确的规定，等级越尊贵，头上的钗就越多。花钗的插法也有讲究，皆是一式两件，两两对称插在发髻两侧，钗头金片闪烁，珠玉垂挂，当真是华丽又端庄。

点面靥：
醉倒在朕红灿灿的酒窝里

武：配饰齐备，妆容也不能敷衍，画完全妆，还要记得点一对独具巧思的面靥。

面靥，酒窝也。点面靥起初并不是一种为美而存在的妆容，而是宫中某种秘而不宣的“标记”，可以直译为“我姨妈来了，别惹我”——这话当然不好直接写在脸上，所以后妃就在面颊处点上两个小红点。这样专管妃嫔侍寝的女官看到了，就会默默调整这位的侍寝档期。

后来妃嫔们花样频出，又研发出了杏靥、花靥、星靥等各种面靥款式，兴致来了，不是例假也往连上贴。她们是玩嗨了，可苦了宫中的大 boss，他怎么也想不通，为何半个后宫的女人都在生理期。

回想朕还是个小姑娘的时候，也喜欢点面靥，阖宫的妃子没有哪个贴得比朕更好看。而今，四海诸侯进贡各种奇珍，妆台上排满了无比瑰丽的妆靥，但那个能见朕笑颜的人，却早已不在了。

武则天 WuZeTian

拒绝标签，做这天下的女皇

文/南方赤火

引子

公元 690 年，也就是大唐永昌二年，有大事发生。

百官及帝室宗戚、百姓、四夷酋长、沙门、道士共六万余人，上表请改国号。

摄政皇太后武氏准所请，改唐为周。在神都则天门登基即位，改元天授，加尊号圣神皇帝。

这看似合规合礼的一次改朝换代，却引来大唐官民的一片哗然。不仅如此，大唐周边的无数邻国也都惊掉了下巴。

因为，这个泱泱帝国的统治者，有史以来头一次换成了女人。

当然，在改朝换代之前很多年，武后就已经掌握了实质上的朝政大权。她的儿子李显不过一介傀儡而已。然而纵观中华历史，太后掌权者众多，譬如秦国宣太后、西汉吕后、东汉邓太后、东晋褚太后……但她们之中，没有一人试过更进一步，从皇帝宝座后面的那道帘子后面走出来，自己取而代之，戴上帝国最高统治者的宝冠。

武则天选择创造历史，为此而备受非议和阻力。不光大唐国内臣民中反对者甚多，就连周边邻国也纷纷咋舌。

朝贡了几百年的东方国度，当家的换成了女人?

这可是千年未有之大变局，大唐（现在是大周）是会繁盛如初，继续做东亚之主；还是会牝鸡司晨，亡于女人之手?

有些国家盼望前者，有些国家暗暗希望后者。

无数各怀心思的各国使臣们组成记者团，走访长安和洛阳，希望能够近距离亲自记录这历史性的一刻。

为此，武皇特意在长安举行了新闻发布会，邀请各国记者参加，以便化解他们心中的疑虑。

已经 66 岁高龄的女皇穿着华丽而低调的便装，雍容华贵地出现在会场，引发一阵骚动。

对于穿着这种宫廷女性装扮的人来说，她无疑是苍老的，因为以往的“宫廷女性”无非是皇帝的姬妾，她们年少而天真，像一朵朵待放的花苞，欢快地装点着皇帝的后花园。她们若有幸活到花甲之年，要么早已失宠，成为冷宫里的一尊活雕像；要么已经成为寡妇，每日穿着简朴而哀伤的衣裳，好像随时都能追随先皇而去。

很少有人能像武则天一样，明明已近古稀高龄，却精神焕发得宛若少女。她遍布皱纹的脸上明眸闪亮，对未来充满乐观和信念。

女皇对各路外夷记者宣布：“诸位都是我大唐的朋友和属国子民，朕待尔等和武周百姓一视同仁。朕知道万里路遥，消息传播不便，各位对朕的了解也仅限于流言和轶事。趁此机会，朕希望可以给诸位解惑答疑，让尔等看到真正的中华统治者，到底是什么模样。”

由于参会人士皆为外国夷胡，民俗开放、礼节粗疏，因此武皇表示，大家可以畅所欲言，不必担心触犯中原的礼节和法度。即便有冒犯之言，她也不会治罪。

外国记者们欢呼雀跃，果然积极交流，各抒己见，对中华帝国的首位女皇进行了全方位、多角度的访谈。这段访谈被鸿胪寺的官员记录下来，成了极其珍贵的史料，与正史互相印证补充，让我们得以窥见武皇开国之初的真实面貌。

告别男尊女卑，大女主时代到来

记者会刚刚开始，几只急切的手就抢着举了起来。

新罗记者问出了大家最关心的问题："皇帝陛下，据我所知，中国自古没有女人当皇帝的传统。请问您是怎么想到废掉自己的儿子，自己登基呢？这样不会招来很多反对的声音吗？"

众记者纷纷点头，紧张地看着女皇的表情。如果她面露难色，就说明大唐——现在是大周，立国不稳，估计很快会内乱。

武则天笑了，回答："当然有。"

但她的语气稳健，好像并不以为意。

"首先，你们也许知道，在中国的历史中，有很多手握权柄的女人。她们的权力也许并不比我拥有的小。但是，即便她们躲在幕后，以太后、皇后的身份治理国家，还是会有很多反对的声音，认为女人不应该参与政治。结果呢？她们中的很多人依旧笑到了最后，因为那些反对者的才能，没一个及得上她的手腕。

"可见，治理一个国家，最重要的是能力。我活了60多岁，见过才能出众的皇帝，也见过软弱昏庸的皇帝。不称职的皇帝会被替代，而我还没有见过一个称职的皇帝，仅仅因为所谓的伦理道德，就被轻易地击垮下台。

"有很多人反对过我。六年前，因为我废立皇帝，临朝称制，徐敬业起兵讨伐我，还邀请才子骆宾王写了一篇文辞精彩的檄文。骆宾王你们大概知道……"

众外国记者连连点头，有的开始轻声背诵："鹅鹅鹅……"

毕竟大唐文化辐射外国，大唐诗人到哪里都备受尊敬。

大家惊讶道："骆宾王也参与谋反了？请皇帝陛下手下留情……"

武则天笑了："我喜欢他的文采，何时下令杀他了？只是后来徐敬业兵败身死，他自己躲到不知哪儿去了，我也懒得下令去抓捕。后来又有不少李唐宗室出兵反叛，但那并非因为我是女人，而是因为我动了他们李氏的利益。换成个男人，他们一样无法容忍。这些叛乱都被我这样一个没摸过刀的女人一一剿清，说明愿意为我效力的人远多于反对我的人。"

这时候武则天身边的一个女官也俏皮地补充道："可不是。皇上曾经跟我们说，如果换成太宗李世民在世，她再怎么努力也没法取而代之。可惜太宗后面的皇帝们都不如她，她怎么办，只好自己亲力亲为了——皇上对不起，臣不是故意说您儿子不行……”

武则天完全不怪，反而跟着笑了笑。这次记者会已经说好了百无禁忌，女官的冒犯言论在她看来也无伤大雅。

她最后感慨：“可见大多数人还是聪明的，也是现实的。他们嘴里说着一个女人怎么能治理国家，可当没人能做得比那个女人更出色的时候，他们也只好闭上了嘴。也许我并不是古往今来最出色的皇帝，但我的功绩中有一条，是其他皇帝都做不到的——我让天下人认识到，从来如此的事未必合理，女子地位必须卑于男子的时代已经结束了。”

众记者热烈鼓掌，若有所思。

忽然一个外国记者出声说：“我们国家也有过几位女皇帝。如今在位的女皇才智过人，乾纲独断。如果没有她的资助，我也不能漂洋过海来长安观光。可见女子中也有胸襟博大者。”

武则天感兴趣，问：“你来自何国？你国女皇是谁？”

记者再拜：“小人来自东海倭国，奉持统女天皇之名，前来恭贺武氏女皇登基。”

武则天大悦：“很好很好。你们国家的名字不太好听，从此以后改成‘日本’，就算朕给你们女皇的礼物。”

众邻国使臣记者见此记者很会来事，都无比艳羡，窃窃私语，想着待会儿是不是也能给自己的国家讨几个赏。

拒绝狗血宫斗，做事业型女强人

解决了对于中华帝国政局不稳的担忧，记者使团们将八卦的目光转向女皇的过往。

粟特记者起立提问：“女皇陛下，您还做过太宗皇帝的嫔妃？”

众使节有点哗然。太宗皇帝李世民大家都知道的，尤其是天竺使臣。当年那个不远万里到天竺取佛经的玄奘法师，据说就是唐太宗皇帝派过去的。在玄奘的描述中，那是一个文治武功皆出色，一手打造贞观盛世的明君。

可是，太宗皇帝是将近一百年前（公元 598 年）出生的，和现在的大唐统治者隔了好几个辈分呢。

来自契丹的记者和来自突厥的记者忍不住寻思："没听说过中原汉人有娶父妃的传统啊。这样太不合儒家伦常了吧。"

这种大逆不道的言论，若是由其他中原臣民问出来，定然会落个诋毁圣人的罪名。然而女皇知道这些蛮夷不懂礼法，因此一笑置之，不以为怪。

"你们以为，女人入宫侍奉皇帝，就像寻常百姓嫁娶一样，目的是为了延续香火、琴瑟和鸣吗？那就太天真了。做皇帝的后妃，从某种意义上说，是一种职业。对有些人来说，是一种事业。

"我是十四岁入宫的。我家虽然曾是贵族，但当时已经没落。我的母亲是隋朝散支宗室，嫁给我的父亲做继室，生了三个女儿。我们母女受到两个同父异母的哥哥的嫉恨和不公正的对待。因此对我来说，让我入宫侍奉皇帝，是摆脱原生家庭、改变命运的一条明路。

"那时太宗皇帝已经近四十岁，他的长孙皇后刚刚去世，他也许确实需要一些新鲜的面孔来摆脱哀思。但你们若觉得我会因此得到那个威严帝王的宠爱，那就错了。对他来说，我的性情太过刚烈，不够贤惠温柔，是没有资格获得帝王之爱的。

"和我同时进宫的才女徐惠升迁了，和我有着亲缘关系的杨淑妃、燕德妃、杨婕妤全都受宠，但我始终被皇帝冷落，最多不过是在他提笔写字之时伺候一下。

"但我不气馁。我还年轻，如果走以色侍人那条路，纵然有幸为皇帝生下一儿半女，等他衰老驾崩以后，我的儿子也不会做皇帝，而是多半会被排挤到权力游戏的边缘，做一个庸庸碌碌的亲王。而我，一心扑在那个不可能成大器的孩子身上，远离权力中枢，也就失去了人生的一切可能。

"但太宗皇帝赐给我的礼物，远比一个孩子要重要。我跟在他身边耳濡目染，学会了写字、读史、驭人，学会了如何治理一个帝国。

"太宗驾崩以后，我和其他没有生育过的后妃一起，被送去尼庵出家。我回想在太宗宫里做才人的那段时光，不觉得那是一段婚姻。对我来说，那只不过是我事业的起步。"

外国来宾们听到女皇的这段自白，纷纷称赞。不管男人还是女人，能在如此年轻的时候就清晰地知道自己想要什么，这种人放在任何时代都是少数。

而武皇身边的臣子们，也是头一次听到她的这番心理剖白。其中颇有对先皇不敬的词语，大家只能装作没注意。

“可是……”粟特记者小心翼翼地问，“后来您嫁给了太宗皇帝的儿子，没人反对吗？”

“反对的声音不用我来处理。”女皇微笑着，沉入了回忆之中，“我的第二个丈夫李治，还是太子的时候就对我表示过好感——你们不要觉得中华大地上处处规矩森严。伦理纲常那一套，是我们用来驾驭百姓、让百姓规矩听话的，帝王之家为什么也要遵循那一套？后来李治当了皇帝，他的王皇后和萧淑妃激烈争宠。把我从感业寺接进宫中，是王皇后的主意。她以为那样就能分担皇帝对萧淑妃的宠爱。也许那时候有反对的声音，但是以我当时的地位，是不可能得知的。后来又发生了很多事……”

在座众使臣记者听得津津有味，乌蛮记者抢着接话：“后来我知道！王皇后和萧淑妃都被您斗倒了！”

“哦？这些你们也知道？”武则天表示兴趣，“你们是怎么知道的？”

众记者扭捏：“《唐宫秘闻》这样的八卦小书，在我们国家的销量都很高。”

武则天更是好奇：“那上面怎么说我的？讲来听听。”

众记者这下谁都不敢抢答，只能吞吞吐吐地说：“呃……”

武则天了然：“肯定说得很不堪，对不对？只有弱者——我的敌人，才会用散布谣言的方式诋毁我。没关系，赦尔等无罪，跟朕讲讲吧，我很想知道。”

有了女皇的保证，乌蛮记者才松一口气，笑着说：“其实也没有什么太不堪的。传言都说，您刚进宫的时候非常守规矩，和王皇后一起，联手打败了萧淑妃。然后您转而对付王皇后，散布谣言说她搞巫蛊咒人，还……还把自己女儿的死嫁祸给王皇后。中宗皇帝一气之下，就废掉了王皇后，立您为皇后。”

旁边龟兹记者点头赞同：“对，我们看的也基本上是这个版本。”

武则天忍俊不禁。

“你们国家的宫斗文学应该都很发达。”她说，“可惜事实比谣言要枯燥得多。很多人以为，女人进了宫，只要保养身材容貌，练一口软糯娇音，把皇帝迷得神魂颠倒，再生几个儿子，就能后宫独大，为所欲为——这简直像皇后娘娘烙大饼一样可笑。一个女人，她越是用这些方法博得帝王的宠爱，她在帝王的眼里，就愈发和一只宠物没区别。即便她生了儿子，那也不过是一只有功勋的宠物，和跟着皇帝南征北战的青骢马没什么区别——或许后者的地位还更高些。

“而我，我之所以能攀登到这一步，靠的是……避免做这些女人该做的事。

“后宫中不是没有宫斗，但后宫中的斗争永远是前朝政斗的延续。王皇后和萧淑妃背后的世家门阀势力强大，而皇帝是厌恶门阀势力的。要想清理掉这些势力，只能牺牲这两个女人。我对王皇后和萧淑妃的打击与迫害，其实都出自皇帝的默许。否则，单凭我一个家族势力微弱的女人，就能在大唐后宫里翻手为云覆手为雨吗？那皇帝算什么？

“我之所以能当上皇后，并不是因为皇帝爱我爱到发狂，爱到力排众议。当然，他对我是有感情的。多年以来我帮他处理朝政，已经成了他的同僚和战友。但是当他想要将我立为皇后的时候，他发现，他遇到了前所未有的阻力。

“那些手握大权的老臣们，比如长孙无忌、褚遂良、上官仪……”

说到上官仪的时候，女皇身边的那个女官微微垂首，神色肃穆。

“……这些人，是皇帝不敢惹、不敢动的前朝元老，是皇权的绊脚石。而朝堂上同样有一批野心勃勃的政治投机者，他们时刻伺机而动，嗅着上位的机会。

“我的皇后之位成了两党争执的砝码。而我，只不过是顺势而为，从中受益罢了。

“最终，我们战胜了那些顽固的老臣，贬谪了长孙无忌和褚遂良，收拢了一批忠心耿耿的臣下，收回了久违的权力。我因此也成为众人讨伐的对象。他们说我为了当上皇后不择手段，用精巧的心计蒙蔽皇帝，用残忍的毒计迫害忠臣，是个心怀叵测的蛇蝎女人。哈哈！其实李治哪有那么蠢笨？他要对功臣动手，不方便自己亲自来，于是假手于我而已。

“当然，很多政治斗争都见不得台面。等我死后，也许人们也只会记住那些花边新闻里耸人听闻的描述，将我的经历改编成拙劣的宫斗小说，以为我能来到今天这个位置，全靠狐媚惑主、心如蛇蝎——我不在乎。哪个统治者没有被诋毁过呢?

“皇帝把我当成一把刀，一把锋利的、能帮他杀人的刀。等他发现这把刀其实是有自己的意志，未必肯对他唯命是从的时候……唉，先皇命薄，多年顽疾缠身，以至于壮年离世，实在是国家之不幸。可惜啊可惜。”

女皇说毕，嘴角一抹惆怅的微笑，轻抚自己额头的花钿。

众记者屏着呼吸听完，再看看女皇那苍老的容颜和骄傲的神采，无不战栗。

今天是不是听到了许多不该听的……

果然，没有来得容易的成功。要想站上那个位置，脚下必定踏着无数尸骨。

好在，女皇莞尔一笑，对这种惊惧之情进行了恰到好处的安抚：“都是过去的事了，你们不是中华子民，知道这些也没关系。或许等你们向国人说起朕的这些往事，他们还不信呢。”

俗话说听君一席话，胜读十年书。据说这些使团记者返回自己的国家之后，就像打通了任督二脉一样，不管原本是多低的级别，都升职的升职，加薪的加薪，从此官运亨通，人生顺遂。

人们问及缘由，他们总会谦虚地笑道：“不过是学到了中华女皇的一点皮毛而已。”

HR的自我修养：不拘一格降人才

随着武皇和记者团的推心置腹，几杯葡萄酒下肚，众人也变得放松下来，气氛逐渐热络。

来自大食的记者带头问道：“陛下，能说说您登基之后，打算实行哪些政令，进行什么样的改革吗？”

这是使团们关心的政治风向标。在座众人纷纷拿起小本本。

武则天微微一笑：“我说过，我的登基只是顺势而为，在坐上这个宝座之前，我已经治理这个国家数十年，说我是大唐帝国的宰相也不为过。我的统治班底大多没换，也就不会有剧烈的变革发生。实际上，你们出门问问长安的百姓，他们或许很难感觉到改朝换代。

“若说我与前代帝王有何不同之处，那便是我不喜欢门阀世家，而是喜欢不拘一格选拔人才。我不介意破格提升资历不足的低级官员。举国官民百姓，都可以直接向我举荐自己的才干，以此请求升官或入仕。

“我完善科举制度、创立殿试、首开武举，打破了高门士族在科举中的垄断。寒门士子只要作得绝妙辞赋、华美文章，就能被提拔为官，共同经营帝国华章。对了，诸位如果有在中华入仕之念，也可以报名参加科举，不论出身如何，都能参加公平的选拔。”

听到这里，记者使团突然兴奋，众人相顾议论：“寒门可以在大唐——哦不，大周做官了？我们也可以？”

要知道，在他们的印象里，中华帝国的政治风气一直是门阀优先，投个好胎比什么都重要。朝廷里当官的全都是那几个大姓，尾大不掉，很影响执政效率。过去曾经有皇帝试图改革，但都扳不倒这股巨大的门阀势力。

女皇也在挑战门阀，而且似乎卓有成效！

“但是你们要做好准备。”女皇的表情严厉起来，“我的手段比前任皇帝们严苛了些，我对忠臣的标准也更高。我令朝廷广开言路，如果你知晓什么贪官污吏、叛臣贼子，任何人皆可来京告密，国家会供给车马和饮食。倘若误伤，国家也不会承担任何责任。在我手下做事，不要让我抓到任何把柄。”

众记者心下惴惴，方才的雀跃之情淡了不少。女皇虽然和他们推心置腹，但她的底线可是清清楚楚。任何挡在她权力之路上的绊脚石都会被无情地清除。

龟兹记者悄悄对缅甸记者说：“我们外夷人士，文化程度也不高，也不懂得揣摩上意，在大唐做官就算荣华富贵，但也是个危险工种。我看算了，要赚钱不如经商。”

大家的疑虑并非无稽之谈。到了武则天执政后期，她滥用酷吏来俊臣，导致人心惶惶，朝政失去平衡，还差点让自己的女儿太平公主被诬陷。武皇也意识到自己的手段严苛过甚，她收放自如，果断顺从民意，杀了来俊臣，平息了臣民的愤怒。

“挑战门阀、任用酷吏……”大家在小本本上记完，求知若渴地问，“还有吗？女皇陛下还有什么其他的打算？”

也就是这帮外国记者言语无忌，才敢这么刨根问底。女皇显然也不打算将自己的政治蓝图和盘托出，顿了顿，笑道："当然。我大周继承自大唐，有责任维护大唐版图的完整。"

她的笑容转为凌厉，盯着使团中的契丹、突厥、吐蕃记者，把那几位盯出一身白毛汗，膝盖有点发软，想着自己是不是哪里得罪女皇了，是不是该赶紧跪下来磕头。

女皇莞尔一笑："不用慌。回去转告你们的国王，就说……要听话。"

后来在武周时期，果然有契丹、吐蕃等势力起兵相抗。武则天大部分的精力用于对内，因此对外军事屡有失策。虽然最终她镇压了叛乱，扭转了不利局面，但在她去世之后，唐朝的版图较太宗和高宗时已有所缩减，不复大唐全盛时期的辽阔。

皇太子VS皇太女，谁是武周江山的继位者？

新闻发布会变成了茶话会，不知不觉就过去了一个时辰。众记者使臣喝着葡萄酒，吃着蒸梨和荔枝，气氛逐渐轻松。

忽然大家眼前一亮，只见一个风度翩翩，貌若莲花的绝世美男缓步而入，十分自如地坐在女皇身边，跟她说了几句悄悄话。

众人的八卦之魂熊熊燃起，互相看了又看，眼睛里都在问："这人是谁？"

帅哥旋即离去，一屋子人望着他的背影发呆。

女皇率先打破了尴尬。她笑着说："是一个……小朋友。他刚刚来通知朕，大明宫静宜园的凉亭修好了。不如大家一起去看看？"

说着，她在女官的搀扶下起身，缓慢但优雅地走向门口。

居然有幸受邀游览皇宫，众使臣记者受宠若惊，连忙谢恩跟上。

当然，大家也在琢磨着"小朋友"这个词：这样的"小朋友"，宫中还有多少？

女皇突然回头，笑着问："你们不会以为，朕贵为一国之君，还要为过去的丈夫守节吧？"

记者们赶紧说："不用不用，当然不用。"

"从一而终"的观念太迂腐，大唐从开国以来就领风气之先，女性地位空前高涨，可没听说过什么守寡殉节。在这种开放观念的熏陶下，周边国家自然也就不太把礼教当回事。

可风气再开放，也没见过哪个贵妇人公然让自己包的小鲜肉出入家门，让外人品头评足吧?

众人有点不知道该怎么恭维，尴尬之情溢于言表。

女皇身边的女官被逗笑了，小声说道：“你们习惯就好了。过去的男皇帝哪个不是后宫三千？咱们女皇不贪不滥，只是闲暇取乐的时候才找几个人作陪，后宫省了很多开支呢。”

众人：“就是就是。应该应该。”

一路走进宫闱，众人又看到几位衣着华丽的贵妇与贵女。她们朝女皇行礼，大大方方地打量这些外国使节。回纥记者是个俊俏小哥，短短几步路，承接了无数媚眼。

原来女人也可以做主动的一方。

大家想，也许这就是未来的大势所趋吧?

宫中布局绮丽而华贵，几步之隔便有佛像佛龛，皆以黄金为饰，璀璨非常。长廊外面是曲折的花园，重峦叠嶂的假山后，丝竹乐舞之声缓缓飘扬。名贵的香料在不知名的缝隙里燃烧，雾气弥漫到屋檐，让整个宫殿宛如仙境。各国进献的珍宝珍被随意堆放在架子上，几只五彩鹦鹉栖在金玉镶嵌的笼里，滑稽地叫着：“吾皇万岁！吾皇万岁！”

往来宫人女子居多，不仅有侍奉的宫婢，更有不少官宦模样的妇人穿着男子公服，手持文书，严肃而自信地穿梭往来。

各国记者就像土包子一样，东瞧瞧西看看，忽然看到转角处走出来一个美貌的贵妇人。她不到三十岁年纪，容貌圆润而贵气，衣饰华贵，竟与女皇不相上下。

旁边女官急促提醒：“快参见太平公主！”

原来这就是传说中女皇唯一的女儿，也是她最喜爱的孩子——太平公主。众人连忙参拜。

太平公主身上带着长安贵女特有的傲气。她略略问了问使团的来历，就挥手让他们免礼。然后她拉着女皇，笑道：“母亲，今日怎么有时间出来闲逛？小心着凉。”

女皇也拉着她的手，和蔼地唠着家常。说了几句，太平公主告退。

真腊记者忍不住感叹：“真像，真像！”

母女俩长得真像。太平公主的脸庞简直就是她母亲的翻版。

不一会儿大伙来到了花园凉亭，这里又是另一番景色。只见花丛茂密，鸟鸣声声，仿佛一下子置身于空山密林，让人心思幽静起来。

女皇坐于凉亭，十分喜欢这里的景致，命人重赏相关匠师。

忽然有宫人轻声报：“陛下，庐陵王和王妃求见。”

女皇似乎有点不耐烦，皱了皱眉，命令：“宣。”

庐陵王李显不到四十岁，然而头上白发已经很明显。他低着头进来，扑通一声跪在地上，恭恭敬敬地参见皇帝陛下。

他身边的王妃韦氏也战战栗栗，小声给自己的婆婆请安。

夫妇二人扶在地上的手，在宽阔的袖子底下，悄悄拉到了一起，仿佛是在给对方打气。

气氛一下子局促了起来。

女皇似乎也很不满儿子这种畏畏缩缩的神态，放下酒杯，问：“有事就说。”

李显：“无……无事，就是来看母亲是否安好。近日天凉，不……不要着凉。”

女皇冷笑：“我自有御医随侍，不用你操心。你多磕几个头，难道我就能身体好了？”

李显的白发间溢出冷汗，不住地说：“是，是。那儿子告退了。”

女皇点点头，挥手把他打发走。

各国使团远远地看到这一幕，都感同身受，只觉得自己背上的冷汗也浸透了衣服。

爪哇记者忍不住，悄悄问：“看样子，女皇讨厌儿子，喜欢女儿。她是打算把皇位传给太平公主了。”

旁人纷纷点头。

只有随侍的那个女官不以为然。她面容冷峻，悄声说：“未必。”

众人惊讶：“为什么？”

儿子这么不受待见，而且是被他母亲废过一次的皇帝。

女官犹豫了一下，见身边都是懵懂外夷，不足为患，这才低声说："太平公主已经嫁了人。若是皇位传了女儿，日后不是依旧落了别家？传给儿子，至少陛下百年之后还能在宗庙里享受祭祀。再说，陛下毕竟是女流，是李家的媳妇，若是真把江山给了别家，那李氏皇族以后的香火不就要断了？李氏都无人祭祀，那她怎么办？"

众人想想，也有道理，纷纷说："对，儒家宗法就是这样。女儿是不能做家族继承人的。"

就像女皇本人。她的皇位不是继承来的，而是抢来的。

女官又说："满朝文武也猜着陛下的心思，觉得她日后还是会把江山还给李家的，所以大多数人才不反对她登基。如果陛下真的要将皇位送给外人，那就说不准啦。"

大家点头表示受教。

可见即便贵为女皇，有些事情她也无能为力。她可以凭一己之力夺取一个国家，却无法和几千年牢固的宗法观念相抗衡。

但……

看那太平公主也非耽于安逸的俗人。她和她的母亲那么像，肯定已经从母亲那里学到了：如果想要什么东西，就自己去抢。

天大亮，众人平白感到一阵冷风，好像已经看到了，这明亮辉煌的大明宫，日后必定还有更多的劫数。

尾声

外国使团游览了一圈皇宫，心事重重。

到了皇帝陛下用膳的时间。女官邀请他们留下来一起吃，大伙各怀心事，都拒绝道："我们还是回驿馆吧，那里的饭菜更合口味。"

女皇得知后，略略挽留了几句，命人抬来丰厚的礼物，作为馈赠。

众人拜谢，说道："今日我等收获很多。我们国家的报社杂志已经有很多约稿，等回到家乡，我们必定提笔将女皇陛下细细描绘，让化外蛮夷都见识到中华女皇的风采。”

女皇龙颜大悦，又说了很多勉励的话，末了言道：“朕知道，你们对朕的看法也许并非完全赞赏。如果有什么批评的言论，你们也尽管写出来。朕不会生气的。”

大家唯唯而应，心里却想：您设立了这么庞大的告密机构，我们要是写了什么不该写的，早晚会让人传到您耳朵里。到时候您不计较还罢，万一正在气头上，一个冲动宣布出兵灭了我国，岂不糟糕！

后来记者们各回各国，大家还算都很遵守职业道德，如实地记载了他们和中华女皇的交流对话，并写成文章刊发在不同的报纸杂志上。

但不出女皇所料，人们对长篇大论的政治斗争并不感兴趣。那些只言片语的宫廷八卦反而销量更火爆。女皇美不美，艳不艳，毒不毒，她的男宠有多少……这些话题的热度最高。

过了不久，外夷统治者发现，自己国家的百姓纷纷开始学汉语，读诗书，说是要去中原考科举做官。

又过了几年，关心时事的外夷记者听说，女皇“劝农桑，薄赋役”的政策颇见成效，中原人口急剧增长，边市贸易也更加兴旺，来交易的商人个个腰缠万贯，生活十分滋润。

不过在他们的言论中，还是喜欢称自己的国家为大唐，喜欢提当年的贞观盛世和李家王朝。

“等武皇归天，天下仍旧是李家的。”他们自信地说。

但很多人没有等到武皇归天。三年过去了，五年过去了，十年过去了……直到本文写就（公元 705 年），算起来女皇应该已经 80 多岁了，她还活得好好的。她把这个从夫家手中夺来的帝国，管理得好好的。

Y A N G Y U H U A N

杨贵妃

文/顾闪闪

（公元719年—公元756年）

职业

舞蹈家，琵琶演奏家，贵妃，梨园园长

ID

@我爱洗澡皮肤好好

个性签名

云想衣裳花想容，大唐第一美人的时尚讲座开课了！

花髻：
大唐人夫送命题——我与花孰美

杨：头戴大花俗气？颜值跟不上就老实承认，花髻可是盛唐最 fashion 的发型之一！

清晨，由宫人自园中采来的大朵牡丹被捧至镜前，簪于峨髻之上。美人们多爱牡丹，不只因它花色明艳，花香馥郁，更因那花瓣上尚挂着晶莹的露珠，清新娇俏，绝非寻常金银俗物可比。彼时妆容已毕，名花美人，相映成趣，分外惹人怜。李翰林那首《宫中行乐词》怎么写的来着——“山花插宝髻，石竹绣罗衣。”

小家子气的美本贵妃才看不上，要美便同这牡丹一般，开得轰轰烈烈。

蝴蝶唇妆：
绝世美人，就是要精致到唇形

杨：发髻梳好，当然有爆款妆容来匹配。最近你的社交圈，是不是都被这款独特的蝴蝶唇妆刷爆了？今天我就来手把手地教大家它的画法。

首先，取出最白色号的铅华（铅粉），对唇部进行整体的遮瑕打底，模糊原有唇形；之后，再用鲜艳顺滑的唇脂沿着唇峰细细勾勒，突出圆润的边缘感；最后仿照上唇的形状，上宽下窄，在下唇画出对称的桃心形，一款创意感十足的蝴蝶唇妆就画好啦。

这样描画过的樱桃小口更加饱满可爱，像鲜艳的花瓣悄然绽放，如同一只蝴蝶在唇间翩翩起舞，非但“斩男”，就连姑娘们与你擦肩而过时都忍不住多看上几眼。

霓裳羽衣：圣人要逼死裁缝系列

杨：再强调一遍，我穿这套衣装出场，真的不是在炫富，我只是在堂堂正正地秀恩爱。

霓裳羽衣是我家亲爱的专为我们梨园歌舞队设计的打歌服，其实也没什么特殊的，就是配饰忒华丽了些，珠翠佩挂得忒多了些，配色忒时髦了些，布料忒稀有了些。设计上的事我也不懂，只知道陛下的品位就是好，裁出来的衣服半点不沾凡俗，就如同道教壁画里仙家穿的一般，也难怪看过梨园献舞的公卿大臣们纷纷惊掉了下巴，都感叹是仙女下凡了。

话说有这样一位英明神武、多才多艺，又愿意把我捧在手心里的男人，叫我怎么能不是恋爱脑?

杨贵妃

YangGUIFEI

对话当朝第一美人

文/南方赤火

大家好！现在是天宝十四年（公元 755 年）正月。在经过了漫长的审批和等待之后，小编终于拿到了出入禁宫的访客证，可以和杨贵妃面对面啦！想想就好激动！

很久以前就想做一期关于杨贵妃的内容。这个女人的经历太传奇了，她生命的每一天似乎都是专门为这个瑰丽的世界定制的。关于她的一言一行、一颦一笑，都牵动着无数男男女女的心弦，她是潮流的引领者、创造者，也是潮流本身……

她是大唐当之无愧的 icon。

小编手里攥着一沓纸，忐忑不安地走进了华清宫，这些都是粉丝们打算提问的内容。

介绍一下，华清宫在长安城郊的骊山，是皇家的行宫别苑和配套温泉度假别墅。里面除了常规的宫室，还有超大汤泉浴场、马场、球场、园林、戏园、寺庙……小编一路看得眼都花了，觉得脚底每一步都踩着金子！

路上遇到的宫女姐姐都是大美人，又漂亮又有气质，小编有些自惭形秽。听说她们每个月的脂粉钱就能养十个小编了，皇家服务人员的待遇果然不一样——

其实这也是托杨贵妃的福。多少家庭盼着自己的女儿能成为第二个杨玉环，把她们视作掌上明珠，倾力培养，指望她们在长安中枢的销金窟谋得一席之地，提携全家。据说最近几年的长安家庭都是重女轻男，生了女儿全家庆贺。这是否在不知不觉中提升了我唐的女子地位呢？值得思考……

看宫女看花了眼，言归正传，小编不知不觉已经来到了汤池。只见氤氲白烟袅袅升起，离半里地就能闻见池中的草药与花蕊香气，蒸腾得小编全身的毛孔都舒畅。当然这样的汤池小编是无从享受的。听说杨贵妃刚刚出浴，小编马上就能见到她了！

啊，那是杨贵妃！她来了她来了，她在无数侍女的簇拥下来了！哦我的天哪，小编宣布这是“仙女”本“仙”，她的每一步都像走在云端一样，慵懒无力却又散发着无尽蓬勃生机。小编还没看清她的脸，但是身边的宫女姐姐已经全都变成了路人！不愧是杨贵妃！

她的容貌……原谅小编的词穷，最精彩的汉字也不足以形容她的万一。小编只能说，她是大唐所有美好事物的集合。小编笔力有限，多描绘一个字都恐怕玷污她的美貌，只好不多嘴啦，读者自己想象吧。

好了，小编已经铺开了小本本。贵妃已经换好衣服，等待采访了！第一个话题聊什么呢？

出身平凡，一朝伴在君王侧

小编：贵妃姐姐，我发现您很平易近人啊，我还以为皇家宝眷都是高高在上的那种呢。关于您的生平，各路媒体都已经报道过很多了，官方也给您出版了详细的简历。可是小编还是想听贵妃姐姐亲自叙述一下。

杨贵妃：没问题。其实我的出身也很普通，不是什么钟鸣鼎食之家。我的父亲是蜀州司户，很早就去世了，我的叔父是河南府士曹参军，他收养了我。

我从小就知道自己长得漂亮。开元二十二年，我十五岁的时候，咸宜公主在洛阳大婚，我被叔父带去参加婚礼。不久后，我就见到了宫中的来使，说咸宜公主的弟弟——寿王李瑁看上了我，打算纳我为妃。第二年我就嫁过去了。

几年后，寿王的母亲武惠妃去世。武惠妃是皇上当时最宠爱的妃子，她死后皇上茶饭不思，后宫三千，找不出第二个中意的人。不知哪个多嘴的跟他说起了我，于是很快，圣旨令我出家为女道士……

小编（紧张）：等等，贵妃姐姐，我以为这件事早就被和谐了，公然发出来不会被查封吗?

杨贵妃（笑）：你是说我在入宫之前曾经嫁给寿王的事吗？怎么说呢，皇上的确不太愿意宣扬这件事，毕竟很多人拿它来中伤皇上，说他抢夺自己儿媳什么的。但咱们是大唐啊，各种外来风俗遍地开花。咱们是个开放文明的社会，不时兴用伦理道德禁锢人，对不对？毕竟之前有过武则天的先例，还有上官婉儿，她们都嫁过两个皇帝，史官写她们的时候也没有刻意抹黑，对吧？要相信咱们大唐，一个健康的社会对此必定是包容的。

小编（乖巧）：好的。但是我依然很好奇，贵妃姐姐……爱皇上吗？毕竟他比你大二十多岁……

杨贵妃：你呀还是太年轻。我们做女人的，一辈子不就是图个归宿吗？如果有一个男人，他有着全世界最显贵的权势，他能给你提供天下最优渥的生活，他对你可以后宫专宠，他让你的家人享尽荣华富贵，唯一的缺点就是年纪大了点……

小编：我明白了！这不就是小说里的大叔型霸总男主吗！爱了爱了！

正当小编正和贵妃相谈甚欢之时，宫门外突然传来一阵急促的马蹄声，紧接着一匹奔马闯进了院子里。那匹马跑得太快太急，刚停下就倒毙在了院子里。马上的骑手也瘫在地上动不了，他背后背着一个巨大的包裹。小编吓得大叫"有刺客"，贵妃笑得花枝乱颤，说这是从岭南快递来的荔枝！

小编这个土包子，从来没听说过荔枝这种水果。贵妃为了给小编压惊，特地赐了一颗。妈呀，冰冰凉凉如同醴酪，太鲜美了！吃一颗上天！

比金荔枝更贵的，是贵妃的荔枝

小编（回味中）：所以这次只有十斤荔枝吗?

杨贵妃：你好贪心，荔枝这种水果，离了枝头就开始腐坏，必须用冰块保存，从岭南不断换马，快马加鞭地运来长安，百斤里也不过有十来斤能吃。眼下人力昂贵，皇上见我喜爱荔枝，特地拨款，让我一个月能吃上一次。刚才你吃的那颗，要是换成钱，大概能买几百斤米呢！

小编：天哪，太奢侈了，好有罪恶感……话说，皇上这样为您破费，朝中大臣不会劝谏吗？

杨贵妃（笑）：我知道外面的说法。说皇上为了我，修整了华清池，耗费了无数钱财；说他搜罗了各种奇珍异宝，现在还花天价运荔枝；说我这个女人烧钱，祸国，怕把大唐的国库烧空了，三天两头地劝谏。我一开始还很惶恐，跟皇上提出生活不要太奢侈，省下的钱可以充实国库，可是皇上哈哈大笑，说我天真。他说，我大唐物产丰盈，万国来朝，难道还养不起一个女人？大唐每年对外用兵，光一个安西都护府的粮草支出就够我吃一百年的荔枝。还有那些拿着高官厚禄的贵人，谁不是攀比着修府邸修园林，有些比华清池还要耗资巨大。所以后来我也就没有罪恶感啦。

小编：这么一说我就明白了。贵妃姐姐您不过区区一个小女子，吃穿用度有限，就算再败家也不会把大唐败空的！况且还有皇上撑腰，大举消费是拉动内需，刺激经济！

杨贵妃（笑）：你这话说的。我们大唐国库里积累着万代财富，怎么可能败空呢？

此时突然有尖利的声音响起：“皇上驾到！皇上驾到！”小编猝不及防，被吓得一身冷汗，又趴到了胡床底下。只听扑啦啦一阵翅膀扇动，从窗户外面飞进来一只雪白的大鹦鹉，嘴里还叫着“皇上来了！”贵妃掩唇而笑，让人把小编扶起来。小编脸丢尽了！

活久见，鹦鹉也能吟诗作赋

小编（强颜欢笑）：好可爱的鹦鹉！贵妃姐姐能介绍一下你的宠物吗？

杨贵妃：这是从岭南进献的珍奇鹦鹉，我叫它“雪衣娘”。它能模仿人语，非常聪明。每次皇上和臣子下棋，如果皇上要输，雪衣娘就会飞扑到棋盘上，把棋局弄乱，谁都拿它没办法。

小编：我不信一只鹦鹉能看出下棋输赢。肯定是贵妃姐姐你授意的，对不对？

杨贵妃：（笑而不语）

小编：哎，外面很多人都说贵妃姐姐你是个花瓶，其实你还是很有智慧的对不对？这么善解人意，我要是皇上我也宠你上天。

雪衣娘：咳咳，安静安静，我要吟诗了！

小编：稀奇真稀奇，鹦鹉还会作诗？

雪衣娘：云想衣裳花想容，春风拂槛露华浓！

小编：自惭形秽，一只鸟都比我有文化……

杨贵妃（笑）：鸟怎么会作诗呢？它只不过是记忆力好，教过的诗词都能吟诵罢了。这首诗是李白新作的，任谁与之相比都会自惭形秽。

小编（星星眼）：啊对了，你认识李白！贵妃姐姐说说这个奇人吧！

码字的最高待遇：力士脱靴，贵妃研磨

杨贵妃：李白这个人啊，很有趣。他是我见过的最能作的男人。

那年贺知章跟皇上闲聊，说他结识了一个侠客，出身西域，剑术精绝；通晓外语，游历全国，更兼精通格律，诗词美文手到拈来，姿容美秀、骨格清奇……简直和谪仙人一样。皇上来了兴趣，但想来也只是一时兴起——我们大唐人才济济如天上之星，同样履历的才子一抓一大把，没什么特殊的。于是皇上让他做供奉翰林，由国家养着。

皇上携我出游之时，经常带着这些文士一道，让他们随行记录，写写诗歌什么的。李白表现得中规中矩，写的诗都不错，但也没有让人惊艳的地步。

后来我才明白，他是一个百分百的创作者。奉皇命写诗，无非描摹美景、歌功颂德，都是命题作文，难以张扬个人风格。李白肯耐着性子给皇上写命题作文，已经是很给面子。

有一日皇上和我在沉香亭赏牡丹，伶人正要歌舞助兴，皇上突然要来个人写新篇唱——“赏名花，对妃子，岂可用旧日乐词？”于是皇上想起了李白，召他

来作诗。

可是马上有人来报，说李白喝醉了，正在酒楼呼呼大睡呢！

我看皇上要生气，赶紧打圆场，说醉了怕什么，等他来了喝点醒酒汤就行，何必置气呢。结果我看到周围侍臣们的脸色都变了，原来他们是怕李白喝醉，写不出诗，轻则出丑，重则欺君。但那时派去的人已出宫了，我也不好改口。旁人知道我是皇上宠妃，也不敢出言反驳。

我心想坏了，这次要害死李白了。

李白被人抬来的时候，果然醉醺醺得不成样子。以往皇上也曾紧急召见大臣，那些人也有喝醉在家的，但听闻圣旨的时候一般都立刻酒醒了。有人进宫的时候脸上还带着手指头印子，那是自己扇了自己耳光。但李白不一样，“圣旨”两个字对他来说一点没有醒酒的效果。他被抬进沉香亭的时候还在叫：“扶我起来，我还能喝！”

周围的人都为他捏了一把汗。皇上也皱了眉头，但他不是苛责的人，于是叫人调了醒酒汤，命令李龟年给李白灌下去。皇上还嫌他衣服脏，赐了一身新衣命他换上。

李白睁开醉眼看了一圈，大概还带着起床气，指着高力士就说，来给我脱靴子！

小编（激动）：我知道我知道！民间好多人都在传这个段子！听说当时高力士脸都绿了是吗？

杨贵妃（笑）：那你就当个段子听吧。李白脱了靴子，又看了一圈，忽然指着我说，来这个美女，给我磨墨！

小编：这肯定是段子！李白要是真敢让贵妃姐姐给他磨墨，脑袋早掉了！

杨贵妃：你还是忘了，我们大唐是可以包容一切的。当时的场景，人人微醺沉醉，花香宜人，萤火虫跳动在草间，欢声笑语在微风中浮动——此情此景，谁人会不合时宜地发怒？就算是天大的冒犯，皇上也不会追究的。

大伙把李白哄高兴了，他诗兴大发，还不等皇上下令给他出题，他就抓起笔，一挥而就。

雪衣娘：云想衣裳花想容，春风拂槛露华浓。若非群玉山头见，会向瑶台月下逢！一枝红艳露凝香，云雨巫山枉断肠。借问汉宫谁得似，可怜飞燕倚新妆！

名花倾国两相欢，常得君王带笑看。解释春风无限恨，沉香亭北倚阑干！

小编：贵妃姐姐不知道吧？在民间，这首诗第二天就刷屏了，让人谱成曲，霸榜霸了半年。大家都说李白肯定是暗恋杨贵妃才写出这么真情实感的诗！

杨贵妃（大笑）：当时在场的人脸色都白了，生怕他自己作死连累别人。直到皇上哈哈大笑，赐了他金子，其他人才如释重负地笑起来，七嘴八舌地凑趣。那天所有人都尽兴大醉。

小编：我明白了！皇上身为天下至尊，胸襟大得很，才不会乱吃飞醋，别人越喜欢你，他越高兴，真不愧是天子胸怀呀！

杨贵妃：嗯，其实主要归功于李白的诗作得好。

小编：所以李白后来被贬出长安，小道消息盛传是因为他觊觎贵妃，写诗冒犯所以触怒皇上……其实并不是这样的？

杨贵妃：当然不是！但你要知道，李白这人恃才傲物，桀骜不驯，敢在皇上面前醉酒。皇上能容忍他，别人不一定啊。

小编：好像悟出了一些人生道理的样子……

一舞动人，《霓裳羽衣》原是虐狗神曲

小编：据说李白给贵妃姐姐做的那几首诗，是皇上亲自谱的曲？

杨贵妃：是啊，皇上和我都喜爱歌舞乐器。你听说过《霓裳羽衣曲》吗？

小编：听过听过！这首歌超流行的！难道……

杨贵妃：是皇上作的。

小编（捧心状）：还让不让人活了……

杨贵妃：是皇上根据西域进献的乐曲改编的。当年我和他在华清池初见，他就在演奏这首歌。我以为聆听到了仙乐，不知不觉开始起舞。我自幼学舞，那次是我跳得最完美的一次。

小编：果然是国家承平，人才辈出啊！我等才艺值为零，真是给大唐拖后腿了……

杨贵妃（笑）：跳舞不难的，来，我教你！正好这里有乐师！

贵妃兴致来到，给小编一连示范了十几种舞姿，让小编模仿。小编不负众望，多次螺旋摔倒，成功博贵妃一笑。不过后来，贵妃的舞步风格突变，从柔媚旖旎变成矫健活泼，翻跃如风，完全不像是大唐自有的风格。

小编（看花了眼）：贵妃姐姐，你跳的难道是……传说中的胡旋舞吗？

杨贵妃（笑）：算你识货，这是最正宗的胡旋舞，是我的干儿子教我的。怎么样，好看吧？

会跳胡旋舞的干儿子

小编（惊讶）：贵妃姐姐你都有干儿子了？是哪个宫妃的孩子吗？

杨贵妃（笑）：这个呀，说来很好玩。有个粟特人，出身低微，能言善道。我也不知道他是怎么得到皇上的青睐。总之，皇上封他做了节度使，时常让他来宫里做客。

我平日里在深宫也没什么事做，皇上不在的时候也怪无聊，他就陪着我解闷儿。胡旋舞也是他教我的。他才是师父，我只学到了他的三四成，还远远不够火候呢！

他很巴结我，不知怎么的就说要拜我为干娘。其实他年纪比我还大很多，也不嫌寒碜。有时候进宫当着皇上的面，见了我就拜，让人笑死了！

小编：听起来很可疑的样子……贵妃娘娘，小人多一句嘴，这个人听起来居心不太良的样子，您跟他这么亲近，可别让人传闲话。毕竟并非人人都是李白呀。

杨贵妃：哈，你多虑了！这个我解释不清楚，你看见他就知道了，全长安最不可能跟我传绯闻的就是他——啊，他来了！

随着宫娥通报，一个长须大汉不请自来。他……怎么说呢，如果忽略他的身材，他也许还勉强算是个对得起观众的长相。但他实在是太胖了！他整个人几乎是个球，长宽高相等，肚子上的肉垂到了大腿根，每走一步，脚下的厚地毯都凹下去一大截。但是他的步伐却又奇怪的敏捷，好像那一身肥肉都没有丝毫重量，只是吹出来的气球一样。小编活了二十年，从来没见过这等吨位的人类。小编瞬间理解了杨贵妃说的他俩不可能有绯闻……毕竟谁看得上这位肉球大哥啊？

安禄山（叩拜）：干娘好！干娘受我一拜！

杨贵妃（笑）：好儿子，快起来！今日娘这里有客人，你先去跟雪衣娘玩吧。

安禄山（撒娇）：我不要嘛，我要和娘下棋！

小编听到这里一阵恶寒。这个人太不要脸了……取悦贵妃的办法成千上万，他选择了最没尊严的那种。可以想象，皇上对他的喜爱，他的高官厚禄，都是怎么来的。

杨贵妃：好了，我要和安禄山下棋了。你的采访时间差不多了吧？我让宫女送你出去吧，小心别迷路哦！

小编（感激涕零）：非常幸运今天能占用贵妃姐姐的时间进行采访，想必想看这篇专访的粉丝们已经迫不及待了！对了，这是小编代表广大粉丝送给贵妃姐姐的小礼物，名为镂空花鸟纹银香囊，已经通过宫门安检，贵妃姐姐看看喜欢不喜欢？

杨贵妃（惊喜）：哇，果然是高手在民间，这香囊的样式我从来没见过，太独特了！明天我要拿给皇上看！

采访到此结束，小编在宫女姐姐的陪送下离开了华清宫。

后记

大家好！现在是天宝十四年（公元 755 年）正月，小编刚刚结束了为期一小时的杨贵妃专访，拿到了许多独家素材，心情十分激动！

这个出身平凡的姑娘被命运眷顾，短短数年内跃升为大唐明宫里最耀眼的珍宝——她是我们这个时代的缩影。

众所周知，皇上的后宫主位始终空置，已经数十年没立皇后。因此贵妃就是实际上的后宫之主。小编注意到，虽然宫女太监们都管杨贵妃叫“娘子”，但她的礼数待遇已经等同于皇后。

不过贵妃姐姐比小编想象的要平易近人，没有高高在上的架子，就像一个邻家大姐姐一样，不论什么话题都能聊开。小编清楚地感觉到，她是一个很单纯、没有野心的女孩子。命运赠送给她无数的礼物，她从来不用处心积虑去争取什么。

粉丝们提出的话题，小编都找机会向杨贵妃提问啦。当然有些话题小编还是不敢聊得太深，比如贵妃的吃穿用度比民间猜想的还要夸张许多，与此同时关中地区正在闹饥荒，虽然官府有赈灾计划，但小编总觉得不太对劲……

不过这些也不是杨贵妃的错。她并不是皇宫里唯一一个奢侈的人。她从不过问政治，她只是自然而然地接受皇上的宠爱而已。小编觉得也不能对她要求太高，她毕竟只是一个后宫妃子，国家的事有皇上和朝臣操心呢。小编对我大唐还是很有信心的！

在盛宠之下，贵妃的家人都跟着也鸡犬升天，公主们甚至都要为她的姐妹们让路。她的堂兄杨国忠更是做了宰相。至于他的政绩嘛，小编不说大家也知道，宰相府门口天天有跪着拉横幅的。但是很多时政分析家也指出了，我大唐绵延几百年，靠的是成熟的三省六部制和完整的集体纠错机制，不太可能因为一个人掉链子而祸害整个国家……所以大家不要太有危机感，继续安居乐业就行啦。

七年后

现在是宝应二年（公元 763 年），距离天宝十五年（公元 756 年）安禄山叛军攻入长安，已经过去了整整七年。

命运眷顾，长安沦陷的时候小编正在外地亲戚家做客，有幸躲过一劫，随后跟着逃难的大部队一路南下，最终留在了蜀地。素日里，小编也不敢出门乱走，只能通过偶尔入蜀的官军打探消息。他们说圣人退位了，逃离了长安。叛军在长安烧杀抢掠，将昔日的繁华绮梦变成了人间地狱。他们说大唐的将领在浴血奋战，却一个个都没有落得好结果。高仙芝被人诬告斩杀，哥舒翰被人猜忌，兵败身死。张巡坚守睢阳，每战大呼，眦裂血流，齿牙皆碎，书法家颜真卿的兄侄镇守常山，誓不降贼，慷慨赴义……

收复两京的郭子仪大元帅，刚刚被解除了兵权，赋闲在家。希望他能安度晚年吧。

今年春天，好消息终于传到了成都。最后一小撮叛军投降，安史之乱终于要结束了……吧？

虽然天下动乱还远远没有到头，尽管未来还有着极大的不确定性，但许多思乡心切的难民们都踏上了归家之路。小编也迫不及待地定了船票，打算回到故都，找一找家人和朋友。

路上碰到的旅客们都情绪高昂。他们谈论着回乡后的打算，谈论着许久未见的亲人和爱人，谈论着大唐要多久才能重续往日辉煌。

码头上有个衣衫褴褛、气质落魄的大叔，他说自己是诗人，他的很多朋友都在战乱中失散了，他最崇拜的偶像也于去年去世了，他感到十分寂寞。

他一路拉着小编喝酒唱歌，唱他新作的一首诗。

大唐诗人多，长安城里扔块砖头都能砸死两三个，小编也没在意。不过他的诗歌确实挺好的，在此记录如下：

剑外忽传收蓟北，初闻涕泪满衣裳。
却看妻子愁何在，漫卷诗书喜欲狂。
白日放歌须纵酒，青春作伴好还乡。
即从巴峡穿巫峡，便下襄阳向洛阳。

不过大叔最终没跟小编一起上船，因为他还凑不齐路费。小编和大叔约定，等他攒够钱了，一起在长安喝酒。

一路上，小编看到昔日的美好田园都成了一片荒芜，路上很少见活人，就连途经的大城市也人烟寥寥。城墙上还留着战争的痕迹：烧焦的箭镞、带血的城砖、散发着臭味的护城河……

小编不敢想象长安是什么样子。

同行的旅客们也日渐失望。他们渐渐不再谈起自己失散的亲人，也不再描绘那些东山再起的计划，大家默默无言地计算着自己手头的财产，寻思能不能在城里混口饭吃。

终于到了长安城。小编哭了。

朱雀大街上一片狼藉，繁华的宫殿全都烧毁了，残砖断瓦散落一地。以前那些熟悉的商铺、衙门、大宅子，现在无论如何也找不到痕迹，小编仿佛到了一个假长安城。

这一切都太萧条了。

小编循着记忆，来到了毗邻西市的崇化坊，那里的房屋院落已经破败，再也看不出以前的样子。

此刻，小编正坐在家徒四壁的房里，听着几条街外野狗的号叫，读着当年的稿件，恍然如梦。

在接受采访的时候，那个光彩四射的绝世美人定然想不到，仅仅一年之后，她那个丑角一般的干儿子安禄山便起兵造反，残忍地杀害了无数大唐的子民。而那个看似牢不可摧的大唐，竟然如纸灯花烛一般，看似燃得正旺，只消一阵逆风，便毫无征兆地碎了，空留一地幻影。

皇上带着后妃宫人匆匆逃离长安，留下满城绝望的百姓。

没人知道，谁该为这场悲剧负责，然而人们在心底的本能驱使下，已经选出了那个负责的人。

为什么顺风顺水的日子突然断了？为什么奢华舒适的家突然没了？为什么昨天还其乐融融的一家人，转眼间便阴阳相隔？

大唐就是天。人们祖上几代抑或是十几代，都生活在这片天空下。为什么天会塌？

他们要一个解释，必须有一个解释。

途经马嵬驿的时候，禁军军士哗变，要求严惩乱国祸根。

他们先揪出民怨缠身的杨国忠，将其寸斩。

杨国忠虽然是个出身市井的烂官，但他也有一些市井的智慧。他从来没信任过安禄山，几次提醒皇帝：安禄山可能要造反。只可惜皇上没听。

也正是因为杨国忠的忌惮，安禄山才选择尽快举兵。所以杨国忠理所当然地成了祸乱的源头。

皇帝见事态无可挽回，只能顺势宣称杨国忠是乱朝祸患，早就该死了，杀得好。

毕竟天下都是他的，他可以宠你，提拔你，给你荣华富贵，但他也能把这一切收回去。

但是禁军还不满足。他们踏着杨国忠破碎的尸体喧哗，说“贼本尚在”，说祸国之根在红颜。没有杨贵妃的蛊惑与消磨，皇上不可能沉沦于奢侈享乐，置国家危难于不顾。

杨玉环骤然发现，昔日那些对她极尽追捧、逢迎、献媚、阿谀的男人们，那些见了她就走不动路，两眼发出渴求的光的男人们，突然都转变了态度，露出一张张恶狼似的脸，憎恨至极的目光投在她身上，仿佛要将她凌迟。

皇帝当然是舍不得的。小编也听说了很多个版本的传闻。有的说他搂着贵妃痛哭一场，最终掩面而去，任由她被愤怒的军士杀死；有的说他为了安抚军心，无奈令她白绫自缢，好像只是处置了一件珍贵的财产；有的说他朝贵妃跪下了，求她救救自己……

总之，皇帝屈服了。他放弃了杨玉环，放弃了那个被他从儿子府里夺出来，送进道观出家五年，最后顶着满城风雨和绯闻谣言接进宫的那个绝代尤物。

如果李白在场，他大概会拔剑大怒，吼一声："尔曹安敢如此！"

但皇帝身边没有李白。所有人心照不宣地看着贵妃走向她的末路。包括寿王李瑁，他跟在皇帝身边逃难，尽职尽责地抚慰军士……

小编同坊的邻居大哥是个退伍军人，经常吹嘘他曾经护送皇上入蜀。他说皇上对贵妃很是不舍，在平安返回长安之后，曾经派人寻访她的尸首，祭奠改葬。

这个邻居大哥奉命前去寻找，找到当年杨贵妃的埋骨之处，发掘之后才看到，佳人尸骨已朽坏不见了，唯有香囊一件，还留在原处，散发着微弱的香气。

小编看到他拿来的香囊，惊讶得说不出话。这不正是当年小编代广大粉丝赠送给杨贵妃的那个礼物吗?

这不过是她每日收受的成千上万件礼物中的渺小一件。她逃难时抛却了大部分奢侈品，匆匆将它携在身上，大约也是对日后自己的命运有所预感，想要刻意低调一些吧?

只是她知晓得太晚了，命运赠送给她的每一样礼物，都在暗中标好了价格。

不觉已经写了几个小时，天快黑了，如今长安城里灯烛昂贵，小编没钱熬夜，只好写到这里。

有人可能会笑话小编，日子都过成这样了，还有闲心写什么稿子。

小编想说，经历了一次如此大的灾难以后，要说还有什么对生活的感悟，那就是任何时候都不要放弃希望。

当年的皇上已经驾崩，杨贵妃仙逝，安禄山这个大混蛋也被他的亲儿子刺死在床上——他们已经成为历史的一部分。但是小编还活着，这已经能说明一切了！

多灾多难的大唐一定会恢复往昔的荣耀。我们还会有更多的诗人，更多的美女，我们还能写出更多的诗篇和传奇。

也许有朝一日，会有人把杨贵妃的生平经历编成诗歌，让后世记得，曾经有过这样一位璀璨的美人，矗立在这个璀璨的时代。

“书影”快讯

SHUYING

文/顾闪闪

玄奘法师经书签售会

在长安大慈恩寺内举办 现场火爆，粉丝尖叫不断

签售当天，玄奘法师携最新游记《大唐西域记》亲临现场，并向大家讲授最纯正的天竺经书。这是玄奘法师自返唐后的第一次签售，意义重大，今上和不少朝中大臣都送来鲜花祝贺。这些年来，法师为追求真正的佛法，走遍了两百多个国家和城邦，并将所见所闻都浓缩在了这本《大唐西域记》中，这样的经典好书，可绝对不能错过。

除僧侣外，寺内还聚集了许多闺秀女眷。她们装扮隆重，一大早便排起了长队，只为能求得高僧的亲笔签名。玄奘虽为出家人，这几年来却长居“唐朝女子梦中情人排行榜”榜首，问卷调查显示，在她们心目中，玄奘的魅力点包括并不限于长得俊、

出过国、会超度、精通小语种……

小编费了九牛二虎之力，才挤进人群，终于问出了那个大家都想知道的问题：“有消息称，您返回长安后，圣上曾多次堵在寺门口，强迫您还俗，请问这是真的吗？您是怎么想的？”

玄奘：“感谢圣上好意，但贫僧以身许佛，再难许君。”

众女眷：突然兴奋到模糊。

当日也有许多制作人到场。他们纷纷开出高价，请求将玄奘法师西行路上的各种奇特经历改编成剧本，并诚邀高僧本人领衔主演。业内预测该剧一旦播出，定然会大火，起码火到每年暑假都会重播的程度。对此，法师表示无意参演商业剧，但本着宽厚为怀的理念，将开放同人授权。

大文豪韩愈刊发新作《祭鳄鱼文》正式向潮州鳄鱼宣战

是的，你没有看错，这就是韩愈给鳄鱼下的战书。作为伟大的文学家、思想家、哲学家兼潮州刺史韩愈于某年某月某日，亲自带领着军事衙推秦济和一只羊、一头猪来到了潮州的恶溪边。

韩愈问秦济：“先扔哪一个？”

秦济：“先扔羊？”

韩愈：“恭喜你，猪也是这么想的。”

这当然不是脑筋急转弯现场，韩大人这是要为民除害，给恶溪的鳄鱼一点颜色看看。大家都知道，鳄鱼是水陆两栖的猛兽，一口一个小朋友，对周边乡镇危害极大，一般人都拿它们没有办法。但韩愈作为一个敢与皇帝和佛骨硬刚的狠人，区区爬行动物不算什么。

作为一个讲究人，他采取了先礼后兵的策略，不只

给鳄鱼先备好了祭品，还写好了祭文，文章通篇主题只有一个：“圣明天子脚下，我给你们个机会。三天之内，趁早游回亚马孙。三天不行，五天；五天不行，一个星期。到时候尔等再冥顽不灵，皆可杀。本刺史会派出特警，带上强弓毒箭，必将你们杀光。你们可不要后悔啊。”

众鳄鱼：“这个人说起狠话来好可怕，必定是个腹黑的，快溜快溜！”

大唐第一本八卦杂志《酉阳杂俎》创刊 购买者挤坏门槛

经历了春夏秋冬、四时变换，虽说主编段成式也没怎么努力，但《酉阳杂俎》好歹算是和大家见面啦！

段成式告诉我们：“创办《酉阳杂俎》这本刊物，是一次全新的尝试。在这之前，没人想过这些上不了台面的小道消息、八卦新闻也能辑录成书。

“就比如说荆州有个叫葛清的人，是白居易的‘脑残粉’，可能觉得光‘脑残’不够带劲，他还自残。为了体现对白居易的爱，他把自己喉结以下的皮肤上全部都纹满了白居易的诗。一笔一画，图文并茂的，看着就肉疼。这件事呢，就很没有意义，但也值得我们记录下来……

“咳咳，我是说，我们致力于将它打造为大唐最亲民、最接地气的书刊。不看《酉阳杂俎》，你就跟不上当朝热点；不看《酉阳杂俎》，就连唠家常你都搭不上话。正因如此，我们这本书卖得特别火，发售当天，即刻告罄。目前《酉阳杂俎》的姊妹刊《锦里新闻》正在筹备中，还请大家多多支持！”

大女主时代来临

《红拂女》《聂隐娘》《红线》三部武侠巨制同期院线上映

谁将成为最终赢家

近来大家聊得最火的，就是暑期即将上映的几部武侠巨制吧？众所周知，这三部戏的女主角咖位相当，又都是打星出身，还都有望提名本年度的金荔枝奖，竞争不可谓不激烈。今天难得她们同时到场，就让我们采访一下她们此刻的心情。

记者：红拂女是第一次接演这么高难度的打戏，作为前辈，聂小姐有什么建议给她吗？

聂隐娘：祝她成功吧，因为这个很难演。我也不知道导演为什么要请她，可能是起到了一个……美观上的作用？

红拂女：多谢，打戏上我必然还要和聂姐姐多取经。之前我有幸去过一次聂姐姐的片场，当时正好在拍手起刀落斩人头那段。我在旁边看着，就觉得，天啊，谁敢娶这样的女人啊？

红线：这话说笑了，大家都是女侠，谈嫁人多小家子气。你看我们，不是也没开口比出身嘛。

红拂女：……

记者：今天难得“双红”同台，请问两位有什么想说的吗？

红拂女：我们两个的名字比较像嘛，就经常容易被路人搞混。这次难得我们俩同期上新片，我觉得非常荣幸。

红线：是啊，虽然我们常常被外界拿来比较，但我们私下里其实是好姐妹。说起来，这已经是本月红拂女和她丈夫第六次一起出现在热搜上了吧，想不印象深刻都很难呢！

记者：聂小姐与双红的感情如何呢？据说之前她们俩曾在剧组孤立你，请问这是真的吗？

聂隐娘：无可奉告。问完了吗？问完了我就先不奉陪了啊，我还要赶下一个杀人现场。

XING

新歌速递

X I N G E S U

文/顾闪闪

太宗皇帝的千层套路

喜欢 收藏 下载 分享

欢迎收看本期新歌速递，分享好音乐，我们在路上。

七夕马上就要到了，这几天有不少读者问我，寻常人家都祈求两情相悦、举案齐眉，那么皇室之中是否也有真爱？大家有这样的疑惑并不奇怪，六朝以来，我们看过了太多的同室操戈，似乎很难想象天家夫妻褪去庄严、恩爱有加的样子。

但我想，一定会有的。

诚然，皇城之内多得是政治联姻，在权力的阴影下，情爱似乎都成了套路。但总有人会向我们证明，风雨飘摇之中，也有脉脉温情。

今天就让我们一扫平日的压抑低沉，请听这首来自初唐乐团的《太宗皇帝的千层套路》！

TaiZong

·点击收听·

太宗皇帝的千层套路

歌 词 展 开

乱世中结缘要先下手为强，
认定好妻子更需要独到眼光。
选新娘的时候毫不犹豫，
优柔寡断的可绝对NG！

龙章凤姿加上天日之表，
传说中的真龙天子就是朕。
想打动长孙家千金得具备这三种品质：
颜值、武力和智谋。
颜值这东西自少年就有，
成年后武力值更是爆表，
登基后智谋达到了巅峰，
巅峰哟——

青梅竹马是甜宠标配，
十三岁就将她娶进家门，
但这不是终点，
比洞房花烛更要紧是得到她的心。
与大舅哥长孙无忌搞好关系，
成功率会暴增两成，
天下大乱的时候，
最能显现出气魄和胆识。
男子汉可以千里外作战，
一旦危险就以穿云箭的速度赶到她身边。

玄武门之变后成为皇太子，
真正的考验才刚刚开始。
毫不畏惧地执掌前朝，
因为爱妻是我永远的支持！
好不容易登上皇位，
又有大臣站出来劝谏和讽刺，
道理朕其实都懂，
就是时不时想看看皇后为朕着想的样子。
想撒娇的话就说："真是气死朕了！"
想服软的话就说："朕现在明白啦。"
若无其事地搪塞过去就当是，
宫廷小情趣[①]。

用膳也是相处关键，
宁可吃素也要照顾她口味清淡。
政事之余还要派人寻遍民间，
只为了找她爱吃的蜜碗。
没自信的男人才会追求后宫三千，
朕这样的汉子才不会
搞什么多角恋，
可是半天见不到皇后就会忍不住思念。
装作不小心溜进后花园，

①《资治通鉴·卷第一百九十四》：上尝罢朝，怒曰："会须杀此田舍翁。"后问为谁，上曰："魏征每廷辱我。"后退，具朝服立于庭，上惊问其故。后曰："妾闻主明臣直；今魏征直，由陛下之明故也，妾敢不贺！"上乃悦。

随口道：“可有闲情同朕转一转？”

战略性宠妻！

大唐明君的“婚恋小课堂”

都：都是皇后之功！

是：是朕考虑不周。

朕：朕听梓童哒。

不：不愧是皇后。

好：好诗好诗，得裱起来。[②]

不坚强的话，就无法独自生活；

不清醒的话，就无法公正治国。

想哭的夜晚也不是没有，

但一想到天边的你就又能笑着面对了。

也正是因为有你在前方等着我啊！

这只手上那只手，

叠加起来的

清新又虐狗的

这样永不过时的套路，

这个套路，那个套路，

叠加起来就是太宗皇帝宠妻的

连环套路。

··致敬雪印冰激淋广告歌曲《カサネテク》··

世民老师，教教我吧！

~~~END~~~

听了大唐皇室最新单曲《太宗皇帝的千层套路》，不知道大家是不是又酸了呢？都把“柠檬”打在屏幕上！这首单曲自面世以来，由于其歌词实在是太甜了，在街头巷尾广为传唱，堪称“女生听了会落泪，男生听了被罚跪”，萌倒了一片 cp 粉不说，更有小粉丝举手提问帝后感情持久保鲜的秘诀。为此，我们特别根据太宗皇帝的感情经历，为大家拟了一套测试题，话不多说，快拉男朋友来测一测。

Q1.

准岳父去世，未婚妻和准岳母被赶出家门，事业上升期的你会如何对待这份婚约？

A 绝口不提，反正婚约的年头也久远了，多一事不如少一事。

B 纳她为妾，供她吃穿，也算仁至义尽。

C 三书六聘，娶她过门，互敬互爱，举案齐眉。

答案解析：C

如果这一题都能答错，你基本也就告别历史剧男主角了。

《论语》中说：“人而无信，不知其可也。”太宗皇帝从小就明白这个道理。照理说长孙氏出身名门，她的父亲

②《古今女史卷八》：长孙皇后，唐太宗文德皇后也……尝作《游春去》，帝见而诵之，啧啧称美……
~~~

长孙晟是“一箭双雕”的英雄，母亲亦是王室贵女，与唐国公李渊家可谓是门当户，双方便为子女早早牵好了这条红线。谁料天有不测风云，长孙晟突然去世，家中立即上演了一出伦理剧，长孙氏做了一回“灰姑娘”，和母亲及哥哥长孙无忌一起，被异母兄长孙安业赶出家门。

舅舅高士廉好心收留了他们，但这也非长久之计，舅舅便想着，要是能给我们小姑娘找位白马王子就好了……哎，上次长孙无忌带来的那个好朋友我看着就不错。

十五六岁帅得晃眼的李世民：“是在叫我吗？”

长孙无忌顿悟：“说起来你和我妹是不是刚好有婚约？”

李世民欣然践诺，长孙氏羞答答地嫁了过去，一桩天赐的姻缘，就这么成了。

Q2.

夫人喜爱读书，颇有才情，今日逛园子后，竟写出一首颇具小女儿情态的诗，对此你的反应：

A 拿在手里，时时吟诵，啧啧称赞。

B 家务做完了吗？一天天净整这没用的！

C 满纸的情啊爱啊，你是不是在外头有人了？

答案解析：A

选错的钢铁直男活该单身！

太宗皇帝之所以对长孙皇后又敬又爱，不仅仅因为她贤良端庄，更因为她是一位蕙质兰心的才女。她虽为名将之女，却喜爱读书，既有家国天下的大局观，又常存细腻仁善的巧心思，常常以典故劝说太宗皇帝。若不时常读书，是做不到这一点的。

对了，长孙皇后还喜欢写诗。她曾写过一首《春游曲》，遣词造句在好诗无数的大唐并不能算作绝品，但太宗皇帝看后却反复吟诵，不住称赞。当被问及原因时，太宗皇帝摆摆手：“‘林下何须远借问，出众风流旧有名’，写得多好啊！我们初见时我对她的印象就是这样的！算了，你们当时不在场，不懂。”

打扰了。

总之，遇到此种情况，请男士们谨记太宗皇帝宠妻的五字真言：“夸就完事了。”

Q3.

近来天气燥热，夫人胃口不好，请问你

作为丈夫，该怎么办?

A 天热就吃不下饭？女人就是矫情。

B 耐心询问夫人口味，四处搜寻夫人可能爱吃的清淡食物。

C 一定是厨房怠慢了，快将大鱼大肉端上来给夫人补补！

答案解析：B

强调多少遍啦，细心体贴是好男友的加分项啊！

你们学学太宗皇帝。传说皇后娘娘产后身体不适，没有胃口，把太宗皇帝急得团团转，派人四处寻访符合皇后口味的美食。咱们吃的蜜碗就是这么在长安火起来的。中原本没有石榴，也是因为皇后喜欢吃，太宗皇帝才从西域引进了“御石榴”。闲暇时候，太宗皇帝还常常与长孙皇后一同避暑闲逛，陪伴在她身边。著名的碑帖《九成宫醴泉铭》就是帝后在九成宫避暑时，为纪念偶然发现温泉之事而作的。忙碌永远不是粗心的理由，各位丈夫扪心自问，再忙能忙得过人家一国之君？

Q4.

你与劝谏的属下大吵了一架，夫人见你怒气冲冲，上来劝说，这时你会对她说：

A “夫人说得有理，是我急躁了，我再想想。”

B “边去边去！没看我在气头上，现在天王老子来了都不管用。”

C “你一个妇道人家，还来管起政务上的事了，我看你是想翻天！”

答案解析：A

年纪轻轻的，官位不高，脾气还挺大，都谁选错了举手我看看？

要不是出于对你的关心，哪个女子敢顶着丈夫的怒气直言劝说？我大唐文化娱乐活动这么丰富，打打马球逛逛街不好吗？下面让我们来采访一下满分获得者的心路历程：“陛下，您与魏徵大人争吵后，皇后娘娘犯颜直谏，请问对于这件事您心里是怎么想的呢？”

唐太宗③：“太好了，皇后终于愿意和朕聊聊政务了！平时朕缠着她问，她都不肯开口……”

陛下，草民合理怀疑您是故意找魏大人约架。

Q5.

夫人早逝，亲友和属下都劝你续弦，且天下美人都任你挑选，你会如何抉择？

③“太宗”为李世民的庙号。庙号是古代君主在庙中被供奉时所称的名号，大多死后才有，此处出现仅为便于称呼。

A 还有这么好的事？怎么不早说？马上续马上续！

B 夫人去后，时时思念。一人之齐，终身不改。

C 夫人已去世数年，家中也需要一个女主人，我如今再娶也不算对不起她。

答案解析：B

这道题其实难度很大，男士们犹豫也在情理之中。长孙皇后离世得早，薨逝时年仅三十五岁，但太宗皇帝的皇后始终只有长孙氏，大抵也只有“放不下”这三个字能够解释了吧。

太宗皇帝与长孙皇后并肩闯过了隋末战乱、太子之争，又携手走过了贞观盛世，他们一同经历了太多，远非寻常人家可比。玄武门之变时，长孙皇后亲自慰勉将士，军心大振；后来太宗病重，又是皇后衣不解带地侍疾，并把毒药藏于衣带中，决心如若丈夫有何不测，自己“义不独生”；临终之际，她还在劝说太宗皇帝不要重用自己的哥哥长孙无忌，以免引起外戚之祸，真真担得起“皇后的品格”。

她与太宗，不只是天家帝后，更是真正的患难夫妻。

这样一位贤妻，叫太宗皇帝如何不想念？作为史上最会夸妻的皇帝，他不仅常把“佳偶”“良佐”挂在嘴边，还史无前例地为皇后加上了复谥“文德”④，甚至还建起了一座层观，用来眺望长孙皇后的陵墓，就像妻子仍伴随在自己身边。

可这种行为却遭到了朝臣的反对。魏徵甚至直接出言内涵：“看您这么想妻子，那一定不想爸爸喽？”（哪儿都有您），面对这种又杠又硬的言论，太宗皇帝气不打一处来，由衷想职场霸凌魏徵一番，但想起长孙皇后昔日的劝谏，还是作罢。

贞观二十三年，太宗皇帝驾崩，入葬昭陵，真正做到了与长孙皇后“生同衾，死同穴”。

④长孙皇后之前，皇后都是只有单谥，死后冠以夫谥，形成双谥。但由于长孙皇后在唐太宗心目中的地位极其特殊，因此逝世后便获得了“文德”和“顺圣”两个谥号，以表皇后生前集各种美德于一身。

DATANGICO

大唐ICON
晋级之路

文 / 夜观天花板 瑶华

· 美食篇 ·

· 美景篇 ·

· 健身篇 ·

JINJIZHILU

NO.1 美食篇·名门闺秀最爱的精致小食

MEI SHI PIAN
MING MEN GUI XIU ZUI AI DE JING ZHI XIAO SHI

长安城的名门闺秀，都吃些什么零嘴或下午茶？小编在东市附近观察了两个月，收集入苑坊、胜业坊和安仁坊的王女与公主们的采买之物，最后总结出以下名门闺秀最爱的精致小食。通过测评，小编真的找到宝藏了。这些小食唇齿留香，味道绝佳！

本帮网红 最是那一抔雪似的酥山

在大唐，人们都爱吃些甜甜腻腻的东西。男神王维曾有诗云：“蔗浆菰米饭。”蔗浆就是甘蔗汁，用它拌米饭，想象一下，这在大唐都是日常操作。

这种全民嗜甜的环境催生了本帮新一季的网红小食——酥山。

大唐所谓的“酥”，其制作方法十分精妙。首先需要选散养牛产的上好牛奶，小火加热，反复熬煮。接着，这些牛奶渐渐就变成了冒着牛奶脂肪特有香气的固体，就像奶油或奶盖，口感柔软、蓬松、细腻，尝起来像轻飘飘的云，又像小雨般滋润，正合了那句“天街小雨润如酥”。

酥有许多种吃法。可以把它掼到茶水

里，也可以把它抹到糕饼上。但口感最好的做法，当属酥山。

业余美食博主、专业文人王泠然为了赞扬酥山，专门写了一篇《苏合山赋》——“虽珍膳芳鲜，而苏山奇绝。”（大唐人爱把“酥”写成“苏”。）

王泠然在赋中详细记录了酥山的制作工艺：在酥里加入蜂蜜和糖，使它变得更为甜美，再把酥加热到快要融化。然后，把酥一点点滴淋在盘中，形成山峦的造型，再将其放置冰窖冷冻。此时的酥山便牢牢地冻在盘子上，瞧上去如雪嶂冰峦，明丽透亮。此外，王泠然还特意强调整个制作过程要“素手淋沥”，糙老爷们做不得酥山。

细细品味王泠然的描述——这不就是冰激淋嘛！这还是高档无添加，纯动物奶油的冰激淋！

大唐的贵族小娘子们讲究。酥山端上来前，小娘子们还要在上面插上人工的彩树、红花。这颇有点类似如今的漂亮小姐姐们聚在一起喝下午茶时，喜欢挑选高颜值的小食——不然怎么拍照发社交平台？

莫说小娘子们了，就是咱们的章怀太子，也嗜吃酥山。他经常让身着男装的小侍女捧着插有彩花罗胜的酥山，随时为他喂上两口。这事甚至被太子复刻到了陵墓的壁画里。

对了，最近酥山出特调了，除了单纯的奶油味酥山，还出现了“贵妃红”的红色酥山、“眉黛青”的绿色酥山，猜猜里面分别加了哪些料？这里小编先卖个关子，等你们去买着吃了，自己寻到答案。

樱桃毕罗
樱桃界的隐秘冠军

咱们大唐最受欢迎的水果是什么？

针对这个问题，前几年长安人做过一次全民投票。最后选出的水果，其票数一骑绝尘，将第二名远远甩在身后。这种水果就是大唐水果之王——樱桃。

年年进士发榜的点刚好掐着樱桃成熟时，又因为新科进士的欢庆筵席上一定会出现樱桃，所以大唐的进士及第宴又叫樱桃宴。前些时候刘邺的三儿子刘覃及第，据说宾

客们一共吃掉了几十棵树产出的樱桃呢！

当然也有不喜欢樱桃的“专业黑”。例如萧颖士就写过《伐樱桃赋》，说它的味道上不了台面，“岂和羹之正味”。

可大唐人用嘴投票，依旧爱吃且多吃樱桃，并钻研出种类繁多的樱桃美食。一到农历五月，樱桃成熟，长安人就吃开了。其中最常见的当属糖水樱桃，其做法是用冰镇过的蔗浆泡樱桃。这样一来，冰块的清冽和甘蔗的甜美混合在一起，樱桃更加清爽解腻。《唐摭言》里对这种消暑解渴的冷饮赞了又赞，大唐男神王维亦赞不绝口，感叹“饱食不须愁内热，大官还有蔗浆寒”。敢情王维吃什么东西都拿蔗浆拌？可真是个糖分王子。

此外，乳酪浇樱桃也颇受欢迎。这是从魏文帝那会就逐代传下来的古典小吃，其做法是将樱桃剖开、去核，盛在盘碗中，然后在上面浇上乳酪。你可以吃一口樱桃，尝一口奶酪，也可以把它们搅拌到一起吃。咱们大唐闺秀聚会摆宴席，这是必须出现的压轴小食——一人捧一个小碗，吃着甜甜的美味，聊着哪家铺子的长裙是最新款，哪位郎君最好看。甚至连两仪殿中，各宫的娘娘们都常常用琉璃碗盛樱桃杏酪，就着米酒小酌呢！

以上这些，都是樱桃的大众吃法。除此之外，樱桃还有一种更精致的吃法——樱桃毕罗。毕罗是一种内包馅料的面食，能蒸能烤。它分咸口和甜口，咸口是蟹黄毕罗，甜口则是樱桃毕罗。制作这道甜品时，小娘子们需要采摘新鲜的樱桃，将其与蔗浆、蜂蜜以及不外传的调料混合，一起熬制成樱桃酱。这种樱桃酱就是毕罗的馅料。毕罗蒸熟之后起碟盛出，内里樱桃色一点儿也不变，衬着外皮透出淡淡的粉色，就像阳光下闪烁的红宝石。咬一口，外皮的软糯和馅料的酸甜果香彼此融合，风味十足。此时再看被你咬缺的那一口，合着光色，珊珊可爱。没有尝过，你会后悔。

巨胜奴
卡路里的快乐

巨胜奴不是谁的小名，更不是谁家奴隶，而是一种食物。“巨胜”是黑芝麻的意思，“奴”寓意着小，即不重要的东西。所谓“巨胜奴”，是一种黑芝麻小食，据说千年后的人，把它叫作馓子。在制作时，需要把揉得劲道松软的面团扭成麻花状，并在上面缀上黑芝麻。然后，将麻花状的面团扔下锅，过油一炸，面团立刻变得蓬松。趁热捞起食用，咬一口，馓子在口中碎掉，满口酥渣。这是碳水“炸弹”，更是快乐源泉。

说来，哪一位大唐人又能逃过碳水快乐呢？另一款小食——“见风消”同样深受欢迎。它的制作方法并不复杂：把玫瑰，桃仁，白糖，黄桂和面粉裹在一起，合着猪油，反复捏成软面团后，再将其挂着风干。等到想吃时，把风干的面团往油锅里一扔，见风既消。千年后人们称这种酥脆香甜、薄如蝉翼的美食为“泡泡油糕”。

无论是巨胜奴还是见风消，长安时髦的小娘子吃它，必要搭配上一碗“冷蟾儿羹”。这种羹汤由蛤蜊熬制，熬熟以后将其放凉，并加上冰块，看起来晶莹剔透。这款羹汤与巨胜奴搭配最为合适。若是觉得巨胜奴过于干腻，便可以喝两口冷蟾儿羹——既能养颜补充营养，又能减少吃油炸碳水的负罪感。

婆罗门轻高面
地道天竺风味

我们大唐人起名特别优雅。混了羊奶或牛奶的大馒头，我们叫它“金乳酥”；印花的圆形面片下锅煮一煮，我们叫它“汉宫棋”。而蒸糖果子，我们叫它“婆罗门轻高面”。

这道点心是由婆罗门高僧带来的。这些高僧从天竺来到长安，他们带来的稀奇点心，都是小巧且带有佛意的。

小编在这里推荐的这家胜业坊果子铺，由天竺糕点师开设，屹立

二十年不倒，是地道的家乡风味，在整座长安城都享有美名。许多贵族小娘子表示，她们从小吃到大呢！

这家铺子做的婆罗门轻高面，要求制作者酿酒的时候留下最陈香的酒曲，将其存在地窖里，而后用麦粉与粳米粉混着牛奶糅合团状，在其中混上酒曲，再盖好发酵，面果子就发得又轻又高，显出美人尖。接着再把面果子放上蒸笼，不一会儿，酒香和奶香就扑鼻而来。热乎乎拈一个在手里，轻轻咀嚼，Q弹的感觉仿佛在荡秋千，完全不会塞牙。据说长宁公主的宅邸正好在这家天竺果子铺旁，公主几乎日日回购婆罗门轻高面。跟着公主买，准没错！

婆罗门轻高面

NO.2 美景篇·千秋节去哪玩？大唐网红娱乐打卡

MEI JING PIAN
QIAN QIU JIE QU NA WAN DA TANG WANG HONG YU LE DA KA

八月初五，一年一度的“千秋节”（唐玄宗李隆基准大臣上奏，将自己农历八月初五的生日定位千秋节）又来啦！

这是大唐最盛大的假期，“天下诸州咸令宴乐，休假三日”，大家除了互赠千秋镜以外，有没有想好去哪儿玩呢？

小编在这里送上一份千秋节游玩指南，搜罗大唐最 in 娱乐方式。大家可以提前安排行程，欢乐地度过本年的限定假期！

前方高能！发福利啦！

大唐必看“春晚”《千秋乐》

绝佳地点：勤政务本楼
详细地址：紧靠兴庆宫南墙处

今年的大唐“春晚”，千秋节官方庆典主题是《千秋乐》，由教坊委托龟兹人白明达执导，将充满浓浓的龟兹风格，令人期待！

其中，由玄宗陛下亲自编写的《霓裳羽衣曲》将首次对外公演，本节目的领舞由娘娘的侍女张云容担任。同时，导演团队还将精心挑选三百名十五岁以下的少女齐舞。大家可以想象一下：少女宫人们穿上漂亮的锦绣衣裙，自帷幔中飘飘而出，场面恢宏又缥缈！

唐 阎立本《步辇图》（局部）

除了《霓裳羽衣曲》，少女们还将在本次庆典上表演字舞。她们以身布地，以变幻的队列来表现文字图案，极富观赏性。

深受大家喜爱的舞蹈家公孙大娘，也将在千秋节庆典上表演剑舞。她持剑姿势极为飒爽，如后羿射落九日，又如龙飞凤舞，带着雷霆万钧之势，不容错过！

当然，除了翩翩起舞的小姐姐们，节目单中也不会少了炫技的小哥哥们。导演团队挑选了数个相貌清秀的少年演奏《倾杯乐》《千秋万岁曲》。在这震撼人心的伴奏中，我们的舞马勇士将在安设的三层木板上策马。他们旋转如飞，如履平地。舞马结束后，还将有上百匹大象、犀牛入场，给大家带来大唐新奇的驯兽表演！

最后，小编温馨提醒，如果去看《千秋乐》，一定要守到最后哦，将有压轴大戏——玄宗陛下和贵妃娘娘登楼向百姓致意，设宴佳肴名膳，全城同欢！

逛一逛千秋节的花萼楼

绝佳地点：花萼相辉楼
详细地址：勤政务本楼附近

后人只知江西的滕王阁、湖北的黄鹤楼、湖南的岳阳楼、山西的鹳雀楼是四大名楼，却不知花萼相辉楼不仅与这四楼并称“天下五大名楼”，且有天下第一名楼的称号。

这个美好的名字来源于《诗经》中的“棠棣之华，鄂不韡韡。凡今之人，莫如兄弟”。在这句诗中，“华”通“花”，“鄂”通“萼”，“韡韡”是光明的意思。兄弟间的手足情，就好像这相辉的花萼一样。当今陛下唐玄宗感念自己的兄弟，故为此楼赐名“花萼相辉”。在花萼相辉楼的街道对面，是诸王所居的安兴坊和胜业坊。诸王的宅子离得很近，无事的时候，玄宗陛下登上花萼楼听着李龟年的乐声从诸王的宅子里飘来。每逢此时，陛下便可命高力士速速传旨，召来兄弟共奏一曲。

有事的时候，陛下在花萼楼接待扶桑的遣唐使、举办国宴。著名的遣唐使阿倍仲麻吕就曾向陛下述说他对长安的喜爱和眷恋。

五代 顾闳中《韩熙载夜宴图》（局部）

而到了千秋节期间，花萼楼将会变成长安文化艺术中心，万民同乐！相关娱乐活动有且不限于：大陈山车旱船——艺人们将在旱地模拟水中行船；寻橦——让你目睹冲锋车特技；走索——高空惊险杂技，令你屏住呼吸；丸剑——铃和剑都会让你眼花缭乱。

除此之外，还将上演诸多热戏（才艺比赛），有实力的百姓请在安排行程的同时，也可以提前报名。小编在这透露一点点参赛名单：书画场大牛吴道子、颜体创始人颜真卿都已经报名啦；音乐场实力 vocal 念奴，李龟年兄弟男团都将参赛！悄悄说一句，公孙大娘在勤政务本楼表演完后，也会直接来参加舞蹈场的比赛哦。

“八月平时花萼楼，万方同乐是千秋”，还犹豫什么，快来花萼楼同乐吧！

姐妹们，秋游去

绝佳地点：曲江
详细地址：长安城东南隅地势最高处

自从上次贵妃娘娘和兄妹们坐上装饰着绫罗的牛拉大车，并让乐伶们一路奏乐游览曲江后，曲江立即成为新晋网红景点。小编预测，此次千秋节，曲江将会挤满了人，“园林树木无闲地”！

如果你也打算去曲江，请务必熟读以下攻略，提前准备！

首先，欲模仿贵妃娘娘乘坐牛车彩楼的姐妹们，曲江管理处已统一在芙蓉池附近设立停车场。车位数量有限，早去早停豪车。

其次，杏园附近将开展斗秋千大赛，姐妹们，秋千高高荡起来！别忘了多年前的女子秋千大赛冠军名叫武则天……

此外，乐游原将作为野餐场地，在千秋节期间对外开放。各位姐妹，别忘了我们大唐女子传统习俗——“裙幄宴”。大唐女子郊游野餐，不需要帷幔遮挡。若是谁选中了景色好的目的地，便可以实时解下裙子，摊开挂在竹竿上结成宴帷。所以赶紧打开你的衣柜，选好最靓最吸睛的裙子！友情提醒，裙幄宴间会玩小小射箭游戏，别忘带上你们的小弓箭和小零食哦！

最后，本次节假期间，青龙、荐福、永寿等地戏场都将举办千秋节庙会。但论人数和参展商数量，全长安没有地方比得过我们曲江慈恩一带的戏场。届时慈恩寺附近将举办大型庙会。大唐蹴毬超级联赛的夺冠决赛也将在慈恩寺毬场展开角逐。咱们大唐的蹴毬从蹴鞠演变而来，却也有明显不同：一来，咱们的球是“毬”，不同于从前那些中间填充毛发的皮革球，咱们的气毬内胆是用动物膀胱充气，外皮由皮革缝合一体，弹性好还轻便；二来，咱们的玩法也有了根本性改变，主张“交争竞逐，驰突喧阗”“略地丸走，凌突月圆”，参赛者可以尽情地盘带过人或头顶传球。

蹴鞠球

欢迎来围观！

不想出门，宅家斗草也欢乐

绝佳地点：家
每个人地址都不同

如果你是唐代宅男宅女，千秋节期间不想出门凑人挤人的热闹，在家娱乐请首选斗草！

斗草是大唐民众喜闻乐见的娱乐活动，大唐的诸位娘子们，下至十八上至

八十八，时逢节假都要斗一斗。

这种赌胜游艺类活动，玩法分为一文一武两种。武的玩法是通过以草茎相交绞来比试草茎的韧性：两个人各持己端向后拉扯，以断者为负。文的玩法是通过采摘花草，来比拼谁采的花草种类更多、品种更稀有。若是种类和珍稀相当，将加赛谁摘的更富有吉祥意义。这种斗草娱乐，往往以家庭为单位组队，每家每户都可以与邻居家进行比拼，极赋有竞争性和刺激性。娘子们为了能赢，往往绞尽脑汁，上天入地去采草，采到了先藏起来，隐藏实力。等到人家把手里的草都出光了，再掏出自己的王牌草，一击绝杀！据说前些日子宫里的某位公主，最后出的王牌竟是谢灵运的胡须呢！

唐 周昉《内人双陆图》（局部）

如果你觉得斗草太考验心智和体力，赢面不大，猜谜、行令、藏钩和双陆也是目前排行榜上仅次于斗草的游戏，可以考虑考虑。记得千秋节期间邀约亲友一起来玩哟！

NO.3

健身篇·告诉你唐代的小姐姐怎么撸铁

JIAN SHEN PIAN
GAO SU NI TANG DAI XIAO JIE JIE ZEN ME LU TIE

——五月不减肥，六月徒伤悲。恨不生大唐……

——等等，为啥这样说？

——都说唐代女子以胖为美！我要是穿越过去，恐怕还不够美的标准吧！

——谁说的，大唐的小姐姐们重视的是体型刚健婀娜，才不是一味地胖！来来来，看看她们都是怎么撸铁的！

舞蹈也能真·撸铁

唐代时女子舞蹈种类繁多，大体分为“健舞”和“软舞”两种。顾名思义，前者矫健刚劲，如大江澎湃；后者轻柔婉转，如风拂柳枝。软舞里最知名的要数“绿腰”，“慢态不能穷，繁姿曲向终”。这种舞的动作从慢到快，舞姿变化多端，翩翩袅袅，这么一套下来，妥妥地燃烧你的“卡路里”！

如果觉得“绿腰”还不够快，来一套胡旋舞：“左旋右转不知疲，千匝万周无已时。”转到最快的时候，围观群众连舞者的脸和背都分不清了。后来，有的胡旋舞者干脆站在球上跳舞，不管怎么转、怎么跳，始终脚不离球。要想

唐代陶制舞俑

跳出这样的舞，没有腿劲和优秀的平衡感可做不到！

相比考验腿劲的胡旋舞，健舞则更考验臂力。极具代表性的健舞当属剑器舞。舞者手持宝剑，挥洒自如，闪闪寒光和女子矫捷的身姿融为一体，惊心动魄之处令人叹为观止。最知名的舞者要数“一舞剑器动四方”的公孙大娘了。她的舞姿，让“诗圣”杜甫念念不忘，提笔写下“来如雷霆收震怒，罢如江海凝清光”的名句；让“草圣”张旭看了她的舞蹈后，书法豪迈得更上一层楼；让“画圣”吴道子从舞中领会画意真可谓一舞动三圣！剑器舞用的剑是颇有分量的真剑，跳起舞来是不折不扣的“撸铁”，非常考验手臂的力量。

射箭、弹弓
谁说女子不如男

如果你身在大唐，看到一队妆容精致、身背弓箭的小姐姐骑着银鞯金勒的白马出城去了，不要惊讶，她们是去打猎的。唐代女子的射猎本领不能小瞧，有的能向天仰射，一箭射中一双飞鸟；也有的放出猎鹰后，驾着快马追逐野兔，不多时，马鞍边就挂满猎物。骑射不仅考验眼力，也锻炼体力。宫女们能够跟随皇帝射猎，也不是一日之功，是先从练习射御苑池上的木鸭子开始的。除了射箭，宫女们还喜欢用金弹子打偷吃樱桃的鸟儿。为了练眼力，宫廷的端午日常之一就是在金盘里放上粉团、粽子，用特制的小弓箭比赛谁能射穿。由于这两种食物外表滑腻，个头又小，箭不容易插中，很考验射箭水平。

唐代女子骑马陶俑

马球：最IN的活动就是它

马球可以说是唐代的一项全民运动，无论男女都能参加。大唐的女子可不仅仅是场外的啦啦队或者热心观众，而是会亲自跃马扬鞭、驰骋球场。每年寒食节就是宫中女子打球的日子，“廊下御厨分冷食，殿前香骑逐飞球”，一派热闹景象。要打好马球，既要能有臂力、体力控马，又要有足够迅速的反应来挥杆，水平高的选手还能打出反手抽击的“背身球”。如果运动天赋没那么高，驾驭不了暴烈的马，还可以把马换成个头比较小、更温顺的驴，打一场“驴鞠”，或者直接不骑马，在地面上用球棍一决胜负，这叫作“步打球”。这样大汗淋漓地打满全场，怎能不减脂增肌呢！

《八达游春图》中众人骑马作乐的场景

图书在版编目（CIP）数据

唐风美人志 / 南方赤火等著.
—武汉：长江出版社，2020.9
ISBN 978-7-5492-7199-3
Ⅰ.①唐… Ⅱ.①南… Ⅲ.①传记文学-中国-当代
Ⅳ.①I25
中国版本图书馆CIP数据核字（2020）第177495号

唐风美人志 / 南方赤火等著

出　　版　长江出版社
（武汉市解放大道1863号　邮政编码：430010）
选题策划　漫娱　马　飞
市场发行　长江出版社发行部
网　　址　http://www.cjpress.com.cn
责任编辑　龚妍薇　钟一丹
特约编辑　任艺霏　徐　珊
总 编 辑　熊　嵩
执行总编　罗晓琴
装帧设计　刘江南　龚　菲　肖亦冰
印　　刷　武汉鸿印社科技有限公司
版　　次　2020年9月第1版
印　　次　2024年12月第13次印刷
开　　本　710mm×1000mm　1／16
印　　张　14
字　　数　196千字
书　　号　ISBN 978-7-5492-7199-3
定　　价　45.00元

电话：027-82926557(总编室)　027-82926806(市场营销部)